U0897060

我拥抱着爱

向宜 著

山西出版传媒集团 北岳文艺出版社
·太原·

图书在版编目（CIP）数据

我拥抱着爱 / 向宜著． -- 太原 ： 北岳文艺出版社，2024. 12. --（笔墨颂歌 / 陈德民主编）. -- ISBN 978-7-5378-7031-3

Ⅰ ． I227

中国国家版本馆 CIP 数据核字第 2024U2L519 号

我拥抱着爱

WO YONGBAO ZHE AI

向宜 / 著

选题策划
刘卫红

责任编辑
赵　勤 刘晓京

封面设计
朱美婷

印装监制
郭　勇

出版发行：山西出版传媒集团・北岳文艺出版社
地址：山西省太原市并州南路 57 号　　邮编：030012
电话：0351-5628696 （发行部）　　0351-5628688 （总编室）
传真：0351-5628680
经销商 ：新华书店
印刷装订：廊坊市旭日源印务有限公司

成品尺寸：145 mm×210 mm
总字数：934千
总印张：39. 75
版次：2024 年 12 月第 1 版
印次：2024 年 12 月河北第 1 次印刷
书号：ISBN 978-7-5378-7031-3
总定价：260. 00 元（全五册）

大爱无疆

——《我拥抱着爱》诗集序

曹林娣

读惯了“藕花深处”“绿肥红瘦”“二月杨花轻复微，春风摇荡惹人衣”的瑰丽，令人口齿噙香，对“我们一起去尿尿”类新诗自然掩鼻而过。今天居然一口气读完了向宜的《我拥抱着爱》，并被诗人澎湃的情感激荡起心灵的涟漪，如此赏心悦目，委实始所未料。

李无言品赏用“感情真挚”“意象雅美”“艺术创新”和“哲理深刻”四大特色囊括之，自是确评，毋庸赘言。

最能引发心灵震撼的，是此集作者大爱无疆的襟怀。

爱祖国，如小鸟歌颂森林、彩蝶歌颂百花、万物歌颂大地，从肺腑中流出；爱家乡，诸如天山的天高云淡、云蒸霞蔚、托克逊的杏花、伊犁的薰衣草，乃至黄的花、绿的树、小鸟的欢歌。也爱深圳的面容和身影，爱雨夜下的木渎古镇，爱千岛湖的千年古樟，将上海的美刻进心里，装进永恒！

罗丹说“艺术即感情”，情真意切，得句即佳！如写炽热的情爱，留在爱人身边灿若春花；在爱的海洋里游弋自如；爱父母的满头银丝；爱孩子，则为之计深远，教他做一个大写的人，并将此生的智慧回报给祖国；也爱刚强的石油工人、月圆之夜的边疆打工者……

生活中，爱书店里的墨卷书香、齐鲁的文化情、荷叶田田的盎然生机；爱春的舒展，望眼十里桃花；夏的绽放，听闻彩蝶飞舞。面对病痛，坚毅刚强，倒下的是躯体，不倒的是精神……

诗人的爱，犹如傲霜斗雪、顽强生长的天山雪莲，纯白、坚韧、纯洁、圣洁……

从天山走出来的女诗人，看惯了“长河落日圆”的壮阔雄奇、“风吹草低见牛羊”的茫茫原野，听惯了呼天为誓、深情奇想的情歌：“山无陵，江水为竭，冬雷震震，夏雨雪，天地合，乃敢与君绝”！诗人又生活在旖旎多姿“天下第一江山”（梁武帝萧衍题字）的江南古城镇江，“谢朓诗中佳丽地”“柳暗朱楼多梦云”。因此，她的诗歌，胸襟阔大、气势磅礴又柔情似水，文笔细腻温雅，善于捕捉瞬间的感动，一旦触动，便是整个灵魂的颤动。诗歌兼具南方之文和北方之质，文质兼美，成为《我拥抱着爱》诗集的独特艺术个性。

诗歌用词典雅，才情横溢，“碎影巧笑”“一骑红尘”以及“红袖添香”“香鬓绒花”等词，飘逸着《诗经》和唐诗宋词的清香，耐人寻味，心旷神怡。

诗歌意象贴切生动，既带烟火气又风雅可掬。如“月光照射在我的波心，幽幽吐纳柔婉的曲儿。春风吹拂隐藏的心事，你扔一块石子荡漾涟漪，让夜莺传颂动听的话语”；另如“我是落进红尘的一滴泪，滴在你的心上”，“我是落进红尘的一飞絮，飘在你的衣襟”，“我是落进红尘的一笑颜，浮现你的面容”，“我是落进红尘的一缕风，轻抚你的脸颊”，“我是落进红尘的一湾水，等待你的经过”，一连串的排比，充分展示了丰盈饱满的内心世界和真实坦荡的情感追求，颇具陶渊明《闲情赋》的神韵。

《我拥抱着爱》，大爱洋溢在字里行间，加上咏絮才情，令人过目难忘！纸短情长，略赘数语，聊以为序。

癸卯处暑于苏州南林苑

曹林娣，笔名林棣，1969年毕业于北京大学中文系古典文献专业，1982年获西北大学先秦两汉文学硕士学位，同年任教苏州大学中文系。任苏州大学文学院教授，苏州大学艺术学院设计艺术学园林历史与文化方向博士生导师，日本帝冢山学院大学、台北东吴大学中文系客座教授。主要从事中国古典文学与中国及东方园林文化教学与研究。已出版专著《吴地记》校注、《古籍整理概论》《苏州园林匾额楹联鉴赏》《姑苏园林与中国文化》《中国园林文化》《中国园林艺术概论》《江南园林史论》《中日古典园林文化比较》《东方园林审美论》及主编主笔《图说苏州园林》丛书等，计30余种。擅长诗联辞赋创作，多为制板或勒石。2017年荣获首届苏州风景园林学会终身成就奖。

一首饱蘸挚情、艺术创新的动人恋歌

——向宜《我拥抱着爱》赏论

李无言

我于高校执教并研究中国古典文学与文化三十余年矣，除自己因教研之需而创作及关注一些近体诗词外，对于当下的新体诗是很少顾及的。谨此声明，本人从无厚古薄今之偏颇，只是因为当今新诗园地充斥了太多的“散文分行诗”“低俗媚世诗”“小资脂粉诗”“无病呻吟诗”等缺乏“言志”“缘情”、不着调、无地气的所谓诗歌。而在一次诗文交流活动中，我偶然读到了女诗人向宜的一部分新诗，尤其是一组情诗，其内容的丰富性、情感的饱满性、意象的新颖性、意境的澄明性、风格的婉约性，顿时令我眼睛一亮，兴味遂生。这是我读到的当今最为真切、最富才情、最接地气的情诗杰作之一。本文不拟对诗人全部情诗作系统而全面之探析，仅就其《我拥抱着爱》新诗作一简析，以窥其情真、象美、艺新、理深的创作特色。为便于阅读与阐析，兹将向宜的《我拥抱着爱》全诗迻录于下：

多想此时你能拥抱着我，
让我在静世安好中臣服。

一只小鸟叼来了爱的种子，
让你我爱的种子生根发芽；
在这薄情不乏深情的世界，
愿有你的爱陪伴不离不弃。

多想找一个理由，
留在你的身边灿若夏花；
在爱的海洋里游弋自如，
荡一叶小舟浏览万水千山。

折一束阳光放在你我之间，
在生的呼吸之间；
傻傻地笑着，
仿佛天地中只有彼此。

你爱的月季开了，
满屋的香，
你第一个给我分享；
让我看到枝丫中的生命，
依然昂扬蓬勃。

你为石缝里顽强生长的小草，
写下一首倾情赞美的诗，
给它拍一幅绝美的图片。
生命在你寻美的眼中，
蓬勃怒放，盎然向上。

我们曾经千百次的畅想，
一棵树长大的样子，
一枝花绽放的美丽，
那是你我狂喜后的痴迷。

你说爱听我百灵般的声音，
喜欢我江边舞动的风姿；
而我爱偷看你深情的眼神，
还有温暖可掬的笑容。

原来……爱情的本质，
是将两个人变得更好；
找到丢失的灵魂伴侣，
成为一个喜悦全新的自己。

多想此时你能拥抱着我，
许我一骑红尘安然无恙。

这是一首难得的恋歌杰作。概而论之，此诗主要特色有四：

其一，情感真挚：清代诗人张问陶尝云："好诗不过近人情"（《论诗十二绝句》），"万化无非一味真"（《题屠琴坞论诗图》）。此诗最动人者，就是切近人情，真诚炽热。全诗十节，自首至尾始终贯穿着"情真"这根红线，环环推进，丝丝入扣。题目"我拥抱着爱"短短五个字，便集中表达了诗人寻寻觅觅、终获真爱的欢爱之情与珍爱之意，诗人要用满腔热情与浑身气力去拥抱它，永沐爱河，不再失去，怜惜之中隐含着一种欣然自豪之情。首句"多想此时你能拥抱着我"，直抒胸臆，表达渴望得到情侣关爱的炽热情感，具有笼罩全诗的重要作用。中间部分，则分别从诗人自己对未来甜美日子的丰富想象与对情侣懂爱懂美的夸奖中，体现爱情的神圣与美好。结尾处，重复首节内容，将渴望真爱之情推向了情感世界的顶峰。末句“许我一骑红尘安然无恙”与首节“让我在静世安好中臣服”一句，虽然语言有别，但都用祈使句之形式，深切表达了诗人渴望得到温馨幸福爱情的恬淡安然的美好情状，首尾呼应，具有异曲同工之妙。

其二，意象雅美。此诗在意象的选用上自然而讲究，颇富深意。诗中的“小鸟”“种子”“夏花”“海洋”“小舟”“月季”“石缝”“小草”“一棵树”“一枝花”“百灵”“江边”“风姿”等意象，都给人以青春鲜亮、生机勃勃的审美感受，象征着阳光美好“蓬勃怒放，盎然向上”的爱情意蕴，因而由此共同营构了情景交融、深爱不绝的优美意境。如第二节中并不起眼的“一只小鸟”意象，其作用却非同小可。它是诗中恋人的牵线者与见证者。至于“爱的种子”的喻象，将彼此相爱的起始情状十分形象而诗意地体现出来，不愧为写情妙手。进而，由“一只小鸟叼来了爱的种子”诗句，我们又会自然联想到李商隐《无题》“青鸟殷勤为探看”之句，其中的青鸟是神话中为西王母传递信息的使者。诗人设置了“小鸟衔爱种”的特殊意象，既具有神话历史的时间悠远感，又具有彼此相连的空间开阔感，意境雅美，意味幽远，耐人寻味。

值得一提的是，诗人在精心选择意象的同时，还十分注重意象的时空关联与情感逻辑关系的自然而巧妙的对应。如从“爱的种子”“发芽”到“一棵树长大的样子”“一枝花绽放的美丽”，通过这些意象的变化，我们便会自然感受到随着时间的推移而恋人情感的深入、热烈至成熟的欢愉过程，给人以爱之美的怡神享受。诗人如此经营意象，实在是别具意味而令人击节叹赏！

其三，艺术创新。一首诗歌的成功，是离不开艺术创新的。

此诗的成功之处，就在于诗人在诗的主体部分精心设置了男女彼此欣赏的两个画面：首先是女子欣慰地回忆男友给她分享月季花开、满屋芬芳的喜悦以及男友为石缝里顽强生长之小草拍照题诗的精神激励意义，由此洋溢着女子对男友的无比喜爱与崇敬之情。其次，诗人又以女子口吻抒写男友对女子的欣赏之意："你说爱听我百灵般的声音，喜欢我江边舞动的风姿"，从听觉与视觉两个层面凸显了男友的喜爱深情，十分亲切自然而逼真。紧接着，诗人又将镜头切换到女子一面，真诚回应了她对男友的美好感觉："而我爱偷看你深情的眼神，还有温暖可掬的笑容"。着一"爱"字，喜欢之意溢于言表；"偷看"二字，将初恋女子那种窃喜而略呈羞涩之心理状态表现得惟妙惟肖而淋漓尽致，可谓神来之笔。诗人如此从男女恋人互为欣赏的角度来表现恋爱之过程情状，颇具画面感、真实感与生动感。较之那些"爱你一万年""海枯石烂不变心"的苍白无力的豪言壮语来，其艺术魅力更大、更美，也更含蓄，给人印象也更深刻。

其四，哲理深刻。此诗描写恋爱的过程、彼此喜爱、欣赏的画面，都极其亲切而至诚。无矫揉造作之态，有真诚炽热之情。此诗在主体部分突出了彼此喜爱欣赏的情景之后，诗人水到渠成地抒发了一段深刻解读"爱的本质"的诗句："原来……爱情的本质，是将两个人变得更好；找到丢失的灵魂伴侣，成为一个喜悦全新的自己。"诗人通过找到了真爱、体验了真情的美好感觉之后，才真正懂得并领悟了"将两个人变得更好"，才是真正的"爱情的本质"。"梅花香自苦寒来"，这是诗人历经爱情的艰难痛苦的历程和觅得真爱之后的最真切、最由衷、最可信的爱情本质之感悟，对那些浑浑噩噩、醉生梦死而不知爱情为何物的芸芸众生而言，它不啻是一缕清风与一副清醒剂。幸福的爱情，美满的婚姻，就应该是一加一大于二的"两个人变得更好"的"真爱的模样"。

由此想到诗人曾在《爱的回答》中如此动情地阐释“爱”意之说：“爱是两个人在一起时，顿时变成了整个世界；爱是低眉浅笑的心悦，爱是行走于天地之间的流光”；“爱是平凡生活中的嘘寒问暖，爱是时时犹在的牵挂；爱是因为有了你的存在，世界顿时变得明亮起来”。如此之“爱”，都是对“爱的本质”的全面而细致的精准解读。一句话，爱能让爱情与婚姻变得更美好、更幸福。无疑，诗人“将两个人变得更好”的“爱情本质”深刻之解读，委实具有醒世觉人的激励作用与经典哲理意义。

通过对向宜《我拥抱着爱》的“感情真挚”“意象雅美”“艺术创新”“哲理深刻”四大特色的品赏，我们不禁为其充满字里行间的真心实意、炽热情怀与画面之美、艺术之新所深深折服，它确实是当下新诗园地一首颇为罕见的真善美兼具、情景理交融的恋歌杰作。

诗人向宜正值盛年，现已创作诗词近千首及散文、短篇、中篇、长篇小说及剧本数篇（部）。长篇小说《天山遗梦》（30 万字）经番茄小说等大型文学平台连载后，反响强烈，好评如潮。作品多刊于《华文月刊》《北方诗刊》（曾作为该刊的封面人物并同时配发组诗重点推出）《翠苑》《江都日报》《今日新疆》《金山》《京江晚报》《江都日报》等报刊。可以相信，凭借其好学精神、好修品格、诗心才情、睿智鸿志与人生砺炼、丰富阅历，一定能够创作出更深更广更多更美更受人喜爱的新诗华章！

李无言，本名李金坤，字仁山，又字智泉，号三养居士，别号三乐生，笔名金山客、李无言等，江苏金坛人。苏州大学文学博士，北京大学高级访问学者，江苏大学文学院教授，浙江树人大学、广东数所高校客座教授。为中国诗经学会、中国文心雕龙学会等诸家学会理事。从事高校古代文学教研30余年。出版《风骚诗脉与唐诗精神》等专著3部，参著《新编全唐诗校注》等20余部；在《文学遗产》、《学术研究》、《文献》、《文史知识》、《经学研究》（台湾）、《人文中国学报》（香港）、《国际言语文学》（韩国）、《诗经研究》（日本）等国内外重要刊物发表论文300余篇。主持并完成国家社科基金后期资助项目1项，省、市级科研项目8项。获国家、省、市各级社科优秀成果奖20余项。一向尚仁崇爱，敬畏自然，重情乐趣，向往东坡。教余雅好辞章，陶情怡神。所撰《镇江赋》（2009年3月30日刊于《光明日报》名牌栏目“百城赋”）、《复建北固楼记》碑文及《诗话镇江新二十四景》组诗等，弘扬乡邦文化，颇有影响。

目录

第一辑 爱情模样

第二辑　爱的回答

第三辑 爱情名义

第四辑　生命反思

第五辑　诗与远方

第六辑　故乡足音

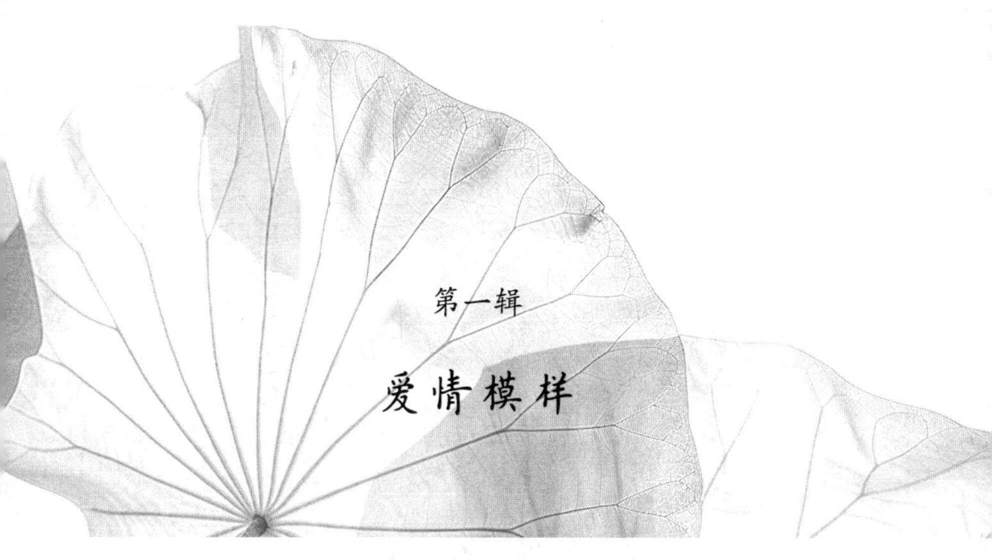

第一辑

爱情模样

我们是并列的两棵树，
彼此守望，婆娑成影。

——选自《两棵树》

你的灵魂穿过千年的期盼，
在遥遥中等待。
走向前去，笑问声好。

——选自《灵魂的秘密》

《春风红梅》魏彩霞 画

我拥抱着爱

多想此时你能拥抱着我，
让我在静世安好中臣服。

一只小鸟叼来了爱的种子，
让你我爱的种子生根发芽；
在这薄情不乏深情的世界，
愿有你的爱陪伴不离不弃。

多想找一个理由，
留在你的身边灿若夏花；
在爱的海洋里游弋自如，
荡一叶小舟浏览万水千山。

折一束阳光放在你我之间，
在生的呼吸之间；
傻傻地笑着，
仿佛天地中只有彼此。

你爱的月季开了，
满屋的香，
你第一个给我分享；

让我看到枝丫中的生命；
依然昂扬蓬勃。

你为石缝里顽强生长的小草，
写下一首倾情赞美的诗，
给它拍一幅绝美的图片。
生命在你寻美的眼中，
蓬勃怒放，盎然向上。

我们曾经千百次地畅想，
一棵树长大的样子，
一枝花绽放的美丽，
那是你我狂喜后的痴迷。

你说爱听我百灵般的声音，
喜欢我江边舞动的风姿；
而我爱偷看你深情的眼神，
还有温暖可掬的笑容。

原来……爱情的本质，
是将两个人变得更好；
找到丢失的灵魂伴侣，
成为一个喜悦全新的自己。

多想此时你能拥抱着我，
许我一骑红尘安然无恙。

两棵树

我们是并列的两棵树，
手握希望，对望彼此；
沧海桑田，根深叶茂，
深情款款地面对苍穹。

在生的来路上，
见证彼此的愿望；
一起奔赴诗歌的圣坛，
写下动人心弦的传说。

手拈一枝莲花，
合掌轻吟之间；
愿为世人洒下爱的美好，
寻找清风与明月的模样。

我们是并列的两棵树，
你有你的凌厉风格，
我有我的柔美脉络，
诗意长春有畅想的家园。

我们是并列的两棵树，

怀抱期许，共同成长；
飘逸紫藤串联真情眷眷，
换取一世安好流连忘返。

我们是并列的两棵树，
绝不妥协于黑暗的纠缠；
只将文字吐丝于真善美，
还原生命的意义与本相。

我们是并列的两棵树，
热烈地注视远方与世界；
做两只勤劳的鸟儿和蜜蜂，
构筑属于自己的书香王国。

我们是并列的两棵树，
仰天为首，俯地动容；
歌颂大地母亲的美丽祥和，
还要歌颂花儿的芬芳馥郁！

我们是并列的两棵树，
彼此守望，婆娑成影；
在生与死之间毫不畏惧，
在艺术熔炉中百炼成钢。

红 尘

我是落进红尘的一滴泪，
滴在你的心上；
不为情殇，只为惜别。

我是落进红尘的一飞絮，
飘在你的衣襟；
不为追随，只为温度。

我是落进红尘的一笑颜，
浮现你的面容；
不为欣喜，只为念想。

我是落进红尘的一缕风，
轻抚你的脸颊；
不为春华，只为秋实。

我是落进红尘的一弯水，
等待你的经过；
不为相见，只为诺言。

红尘有爱

我越过了红尘，
可是越不过你。
我避开了身影，
可逃不掉你沉静的眼神。

我走过了春秋，
可无法停止与你的独白。
我看过了山水，
可无法读懂你内心的博大。

我忘掉了前世，
可无法换来今生与你的相遇。
我抛却了所有，
只是为了追随你的脚步。

我无法预知一生究竟有多长，
只是渴望在你的心上印有我的痕迹。
我知道生命的厚度从此开始增码，
那是因为我们曾经有过的静默相处。

天山脚下有雪莲花一抹清晨的思念，

荷之韵可曾读出你我相见时的渴望。
相隔一生终究逃不出爱的牵绊，
灵魂交付时已映出我转身后的美丽模样。

红尘曲

掬一把清泪放入我的心怀，
墓志铭刻上我半生的壮志未酬。
一缕清风掠过连绵山脉，
那是我梦想的思绪眷眷。

铁蹄下的西域三十六古国，
护佑我生根发芽，跌宕成长。
昭君出塞，解忧兴业，
触摸历史的足音，甘愿臣服。

千秋万代，风云变幻，
边疆处处好风光。
金戈铁马的辉煌岁月，
为中华添加浓墨重彩。

成吉思汗，纵马西下，
一代枭雄，留下千古绝唱。

红尘一首，广陵散曲，
令多少豪杰万古流芳。

草原织锦，山川异域，
驼铃声声，愁煞多少依依过客。
大漠胡杨孤烟直，
那是我魂牵梦绕的故乡。

红尘恋恋，千般踌躇，
半生边疆，半生江南。
我终将绝尘而去，
——欣然无悔。

你给了我世间最好的爱

你给我的爱，
穿过苍莽的森林，
透过明丽的春光。

就这样，
一览无余呈现在我的面前。

你给我最好的爱，
叫我如何不欢喜；
欢喜中隐约着前世的记忆，
却是那红尘一回眸的等待。

遥远的草原之夜歌儿传来，
星星在闪耀；
寂静风儿轻轻吹来，
夜间的花儿倾情开放。

上半弦的月儿，弯弯柔媚；
十五的月亮何曾前来；
越过岁月的山丘，
换取千山万水的跋涉。

七夕，有远方的思念，
在绚丽中怀抱精神的感召；
你排山倒海的爱，
比浪花汹涌。

你给了我世上最好的爱，
让我在爱的海洋游弋；
春花怒放勃勃生机，
是你爱的绽放。

我从来没有想到，
会收获你给的爱；
犹如我收获了四季，
在爱的光影中圆满流年。

你给我了世上最好的爱，
我又如何不欢喜；
今生，我拿什么回报于你？
只好，来生还要继续。

木棉花的爱

我真想抛却所有，
扑向你的怀抱；
在冰与火的交织中；
将生命砺练成刚。

不问过往云烟，
不问前尘往事；
只静卧在你的怀中，
任时光荏苒。

一朵木棉花的爱，
热烈不乏长情；
在四季优美的回忆中，
完成最绝美的念想。

轻轻挽回最强烈的心音，
与木棉树相互依偎；
传递白云的低语，
诠释人间的脉脉温情。

春光里的三月

春光里的三月，
迈着轻盈的脚步近了。
我笑了，这三月里的明媚，
在阳光下如此耀眼。

春光万般美好，
怀念从此不辍。
穿过岁月的丛林，
走过有风的季节。

原来我们想要的，
终究是一份静世安好。
尘世中的牵绊，
是池园里的一抹新绿。

芸芸众生回眸，
你在夕阳下流连忘返。
原来，暗流涌动的人生，
也可以美景无限。

来吧，爱人

来吧，爱人，
请紧跟我的步伐。
不再浪费荒弃的日子，
——与我共舞。

多少人轻吟诗词里的情怀，
多少人憧憬邀月中的浪漫；
旨在超越世间的烦琐无常，
青山的回声带来万物静默。

来吧，爱人，
请牵着我的小手，
莫让璀璨的烟火将我迷失，
让流星带走我最真的梦想。

握紧你有力的手，
犹如握住了整个世界，
去到辽阔的草原看一看，
造物主给予的最好礼物。

我知道，

爱人的心是最好的良药，
在天涯海角的追寻中，
岂能让灰尘遮盖我的双眼？

请跟我来，爱人，
在天高云淡的霞光里，
怀抱鸿鹄之志，
裁剪属于我们的倾情一生。

夜晚与黎明

沉浸于爱的海洋不愿睡去，
蜷缩在有你的梦里不愿醒。
谁曾说，谁是谁的暖心；
思绪潜伏在太阳与月亮之间。

晨昏颠倒了所有的日子，
江河迷恋小溪的汇流。
世界正在上演的爱情故事，
让晦涩不再。

意志在每一个细胞坚守，
原来爱就是辗转反侧。
给你红尘间的回眸一笑，
一份柔肠寸断的百转千回。

爱情的小舟可以荡漾风雨，
在你的守望之海自由畅漾。
选一个春暖花开的日子，
与你相见——可照亮星辰。

生命之花

生命是每一个清晨的炊烟升起，
生命是清晨摇曳枝头的露珠，
生命是石缝里一棵顽强生长的小草，
生命是荷塘里高洁美丽的莲花。
生命是连绵不绝的山川河流，
生命是苍穹之下的日月星辰；
生命是阳光里孩子灿烂的笑脸，
生命是相偎相依恋人的热烈絮语，
生命是夕阳下老人携手散步的背影。

生命只有一次，在快乐与忧愁之间，
生命还需珍惜，在当下与未来之间。
我们的生，无法选择，
我们的死，可以无惧。

红尘过往，熙熙攘攘，
只有心灵掌握着生命的意义。
静静注视生命中的起起伏伏，
默默体会生命里的爱恨情仇。

我曾经千百次地问自己

我曾经千百次地问你，
我拿什么给你，我的爱人。
当黎明来临，黑暗隐去；
我竟然如此无能为力。

远方的海潮波澜壮阔，
大浪压顶，呼啸而至。

爱的呼唤排山倒海，
百灵鸟的啾鸣声婉转动听，
在海鸥的盘旋处起起落落。

千百年来，爱情这杯酒，
情深意浓，谁喝都得醉。

拿余生去陪伴山风飒飒，
用诗意去滋润细雨青竹，
让真爱的种子蓬勃生长。

倾情原是一个遥远的传说，
等待圆了一个美丽的梦想。

一次次在爱的海洋中找寻，
一次次在爱的云霄中跌宕。

瑶池与山脉在浓雾中缭绕，
倾听为爱雪莲绽放的悦耳。

我拿什么给你，我的爱人，
是在神的旨意下脚踩莲花，
手持心灯，月光宝影，
越过千山万水苦苦找寻。

经历无数个惆怅与祈望，
换取我这一世可数的日子，
陪伴你的每一个春夏秋冬，
直至老去……

我有一个梦想

我要你今生陪我走，
不论路途有多么遥远，
走一段意念中的天长地久。

缠绵悱恻岂是一种点缀，
来路和归途如虹犹在晨夕，
山河无恙是最美好的祈望！

遥远的问候常常不期而至，
在默契的感动中选择幸福，
花开花落，残月当空，
——不再神伤。

原来，
誓言承诺是一饭一蔬的日常，
是朱砂痣上的心心念念，
在思念的长河中已然飘来。

原来，
言语之间的你来我往，
已是指尖上的流沙，

在时间的记忆里锦上添花。

我有一个梦想，
其实很简单，不再错过，
只是想与你今生一起走。

夏日的风

仲夏的风吹过一缕，
淡淡的忧伤。

印在六月的荷叶上，
青翠欲滴。
重叠枝蔓、飞舞轻扬，
是前一夜的浅唱轻吟。

除去不曾想你的时光，
日子竟然是不留意中，
跳动最快的音符。
选择一段时间的记忆，
沉淀心底最深处的，
还是有关你的一字一句。

六月的边疆，风景独好，
我在想象有你存在的影子，
想象有你的共同参与，
呼吸空气中弥漫的花草香气，
陶醉今生。

忆江南的诗意相遇，
甜蜜相伴。
原来，所有或明或暗的日子还有那，
逝水的流年印迹；
只是为了点缀今日的璀璨，
不再是昙花一现的梦境。

仲夏，站在寂静有风的地方，
想你，此刻是最美好的事情。

寄　思

春的影子过去，
秋风起舞落叶。

爱人的心，
在思念中成蝶。
回首望去，
岁月在甜蜜中成行。

越不过的山河，
可让心灵搭一座桥，
兀自成锦，
月下共赏星河。

关 切

愿你在生命的昂扬中，
蓬勃向上，郁郁葱葱。

摘一枝玉兰花送给你，
来表达我的祝福。

天上的星星点亮心灯，
人间相伴一生最是情深。

不论我在哪里，
你在何方。

有时关切是问，
有时是不问。

把岁月给你

我有一首诗，
开在你的心中，
不忍卒读。
开窗季节，小鸟飞来，
窗前明媚一片，
整装待发，重忆深情。

懂 得

一个没心没肺的现在，
一定有着撕心裂肺的过往。
一个泰然自若的眼神，
藏着多少青涩隐秘的渴望。
一个若有若无的微笑，
掩盖无数泣不成声的夜晚。
一颗佛像前修炼好的莲心，
可曾有着怎样的啼血玲珑。

一个前世伤你的记忆，
便是今日我伤的因果轮回。
一段默默无语的路程，
上演一则波澜壮阔的故事。
生活不会因为哭过便不再欢笑，
从来都是，你舍得伤就伤。

奋不顾身地投身火海，
——只剩片甲；若面对你时，
仍然既往不咎，勇往直前。

多　年

把心事存放箱底，
如陈年老酒；
不忍打开，
芬芳着去日的年华。

打磨心的时间，
将风筝放飞；
终生揣摩，
彼此心的距离。

系上心的那头，
蓝丝带会唱歌；

挥舞幸福的双手，
拥抱着暮年的余晖。

远帆归客的你，
我如何能不牵挂；
离去的身影，
相伴的脚步浮上眼帘。

以爱为牢

爱上你，
我开始投诚弃甲。
爱情啊，
它是一件多么奇妙的事。

记得你说过，
爱情它让你的每个细胞跳舞，
心跳没有任何理由，
——直至黄昏不再。

原来，我一直小心翼翼，
隐藏对你的深情款款。
仿佛保留好自己的心事，
才是最佳方式。

后来，才发现，
在你的攻城略地下，
爱的波涛汹涌早已把我淹没，
——但我心甘情愿。

我相信

爱情正以它最好的模样，
出现在世人面前，
出现在你我的心里。

一生一世的爱恋，
穿越时光的剪影，
——缓缓而来，
落入不曾设防的心怀。

夜晚不曾睡去，
花的影子在枝头摇曳，
闪现爱人温柔的面容。

那一夜

月光照射在我的波心，
幽幽吐纳柔婉的曲儿。

春风吹拂隐藏的心事，
你扔一块石子荡漾涟漪，
让夜莺传颂动听的话语。

你我的步伐如哒哒马蹄，
读出彼此对未来的期许。

一树梧桐写透生命昂扬，
枝丫裁剪出月的圆满，
澄净星空与云絮。

那一夜，诉说芬芳了心事，
我与你的河流改变了方向。

夏蝉的鸣声让夜十分寂静，
忽而的漆黑感知呼吸的力。

恰如平稳的船行驶到江心，

哪怕我与你似新的舵手。

曼陀花展开最热烈的绽放，
远处莲心躲在莲蓬下巧笑。

甜蜜属于爱与被爱的心怀，
欢喜是那夜躲不过的宿命。

我和你（一）

那山，那海，
远又近。
我和你相隔，
一座城的距离。

暗藏的心事，
在牡丹中盛开。
舞步摇曳的黄昏，
带来了幸福的信息。

云雀在不远处旋绕，
若明若暗的未来，
藏在你隐约的面孔中，
述说着真爱的约定。

我和你（二）

一粒种子的力量，
在春风下缓缓生长。
一个信念的召唤，
在顽强中昂扬伫立。

破晓的日出，
绝不留恋暮色的温存。
山川的伟岸，
徜徉于广博的胸怀。

一段故事，
沉浸于优美的传说。
一种风情，
历练生活的千疮百孔。

我和你，携手同行，
迎日月星辰，
沧海桑田。

我和你（三）

我，
犹如破土而出的一棵春芽。
不论是否有水灌溉，
依然顽强生长，
成为一棵参天大树。

我，
像一棵厚重的木棉花。
尽情呼吸大地的芬芳，
吸收日月精华，
孤单不寂寞地生长。

我，
像一只千年的巨蟹潜伏，
只为深信有一天遇见你，
可以和你并肩站在一起，
抵挡世间的一切风雨！

想你的样子

原来，
是我把自己弄丢。

有风的日子涌向你，
潮起潮落处，
你最为美好的样子，
牵挂着我失而复得的心。

写一封信给你

每天清晨，
醒来的第一件事，
是想给你写一封信。

把带着满腔的爱意，
跳动温暖的音符，
传递给你。

鸟儿的叫声还未开始，
太阳沉浸黑暗不曾升起，
人们还在和睡梦纠缠。

我再一次涌上对你的思念，
思念的这一头是热烈满怀，
分别后的你此刻可否与我一样？

醒来——
不愿再睡下，
愿用余生伴岁月静好。

夜 晚

我们一起来砸碎，
这个世界的镣铐。
奔跑在无人的街，
前方有光，背后无路。

就这样牵着手，
行走在无垠的夜。
明月清风，星辰相伴，
做一回与往日不同的模样。

思 念

思念是一叶精美小舟，
摇曳在湖的中央。

思念是天边祥和云彩，
飘忽在线的那头。

思念是一棵郁郁苍松，
间隔在爱的对角。

思念躲在阳光与黑暗中，
错看流星的划过。

思念是日历的多余，
夜来香怎开得如此浓烈。

原来——
思念是渡也渡不过的河。

你说，我说

你说，
我是你手心里的宝。
我说，
我愿是你手心里的温柔。

春风十里，百花齐放，
夏花热烈，情志满怀。
秋实累累，佳人倚立；
冬雪傲梅，曲音婉转。

在所有如花似玉，
阳光明媚，
或细雨绵绵的日子，
都可以给你生活中的天堂。

梦　语

星星在闪烁，
它是每一个爱人的眼睛。
黎明到来前，
梦统统归于黑暗。

我用不同的方式爱你，
月亮赞同跟随了太阳。
大海以浪涛的拍打为名，
实施潮涨潮落计划。

高山仰止，流水才有了生生不息，
你我相识经过就是最好的答案。

灵魂的秘密

你的灵魂穿过千年的期盼，
在遥遥中等待。
走上前去，笑问声好。

彼此的熟悉回顾，
原来你就在这里。

你用思念捻成一条河，
等待我的千里之寻。
我用柔情织成城堡，
在你的面前瞬间瓦解。

原来灵魂感应的秘密，
是丢盔弃甲最好的解释。

我们在无声的对望中，
找到前世的记忆；
让今生……织爱成锦！

叫我如何不欢喜

栀子花开了，
香飘巷口。
散落在，
一条无人走寻的小路。

你给我的爱，
满满当当。
驶向一辆叫幸福的列车，
叫我如何不欢喜。

天空飘起一条彩丝带，
那是思念的影子。

远方的山谷啊，
回荡潺潺小溪的流水声，
有悦耳动听的琴声飘过，
那是传递爱的心音。

彩云悠悠追随月儿，
叫我如何不欢喜？

这世界

这世界不是如此的好，
也不是如此的坏。
这世界我曾经来过，
欣喜地走在生的来路。

怀抱希冀与美好，
——也会有失败。
曾经远隔千山万水，
仍会有召唤而来。

我就这样，
义无反顾地站在你的面前。
等待你的一句爱我
——便足够明亮整个世界。

这样挺好

我用明丽装扮好自己，
只是——
想让你以我为荣。
想起我的样子时，
可以春风满面，微笑几许。

我用笑颜如花面对你，
只是——
想让你每日无忧无虑，
喜悦相伴，健康快乐。

人世间的爱情大抵这样，
陷在你我的温柔里沉醉。
春风荡漾水波不知归处，
荷叶摇曳涟漪梦回大唐。

我愿意为你跋山涉水，
那是因为爱的海洋如此碧蓝。
你愿意为我披荆斩棘，
那是因为情的天空无比辽阔。

来吧，我的爱人，
我们一起去抵达，
那个叫作爱情的烽火战场，
但并不曾有……狼烟四起。

来吧，亲爱的人，
迈着我们目标一致的步伐，
将爱的世界装点精彩纷呈，
奔赴一场你情我愿的江湖风云。

中秋之夜

月光之下，有你有我。
清辉有影，皎洁静秋。
玉兔寒宫，嫦娥思悔。

思念躲入爱人的心里，
飞过千山万水暮秋时节，
这世间如此美好惊喜。
月桂树下，吴刚力伐，
斩不断人间的缠绵悱恻。

月光之下，河的彼岸，
花团锦簇，流水高山，
爱人的模样印入心底；
托月光捎一封信，
传语怯怯，柔情织就。

丰满了天际看星空漫布，
最明亮的那颗启明星，
——它是爱人的眼睛。

重　逢

我回来了，
在爱的岛上，不曾耽搁。

爱的羽毛，
飘荡你的眼前。
唤起你浓浓的笑意，
似盛开的花，兀自散漫。

一缕香，
在心头弥漫。
如何感谢，
我们曾经的不期而遇。

异地恋爱中的女子

铺满一床的心事，
憔悴了容颜。

等待的时光，
散落似曼舞的丁香花瓣；
守着心中的爱恋，
踮着脚尖便能跳舞。

窗外的月光，
穿透婆娑的倩影；
芬芳明晨的露珠，
轻声与星辰对歌。

天籁下，
梵音中，
那是伊人在侧细语，
今夜，无一人入眠。

艺术平行线

我们有着相同的心境，
相同的执着。
看着你生花的笔，
仿佛真正悟出了你。

你字里的风骨，
是用你坚忍的心血铸造。
苍劲是你对沧桑生活的感悟，
而我对生命的抒写来自你的启发。

我能感受到你深邃的思想，
也能感受到你滚烫的心。
想让你牵着我的手穿越世俗的篱笆，
走出我们余生的幸福。

生的利箭，穿梭时光，
寻一支长篙追寻艺术的殿堂。
它是丈量在你我心中，
却有无法言语的深情。

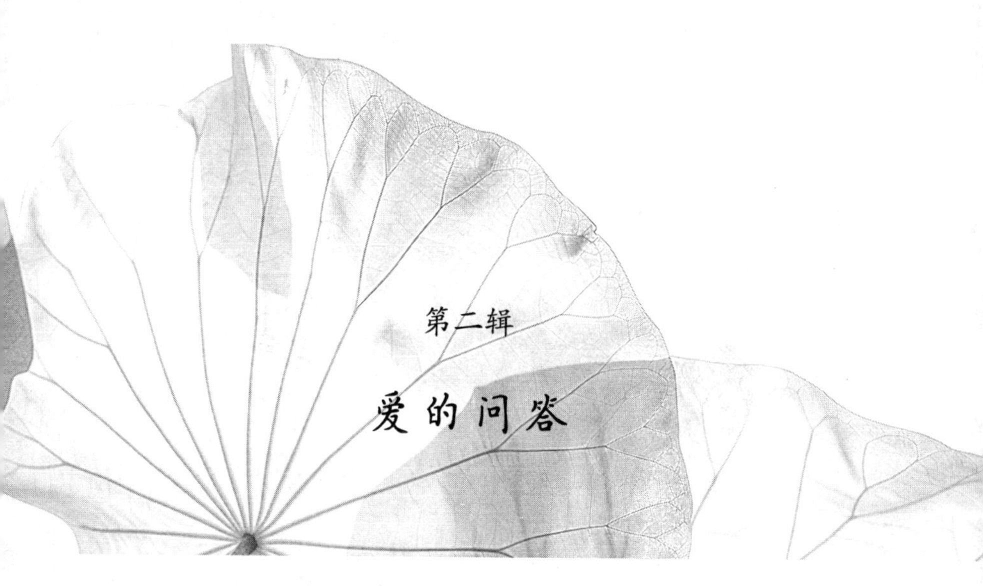

第二辑

爱的问答

相爱原来是一场病入膏肓的你情我愿，
我愿意，
低眉浅笑回眸中，青丝变白发；
共赏晨夕中的霞光满天。

——选自《我愿意》

用相伴铸造那爱的传奇，
打造属于你我的千金一诺，
有你同行，终将不悔！

——选自《因为有你》

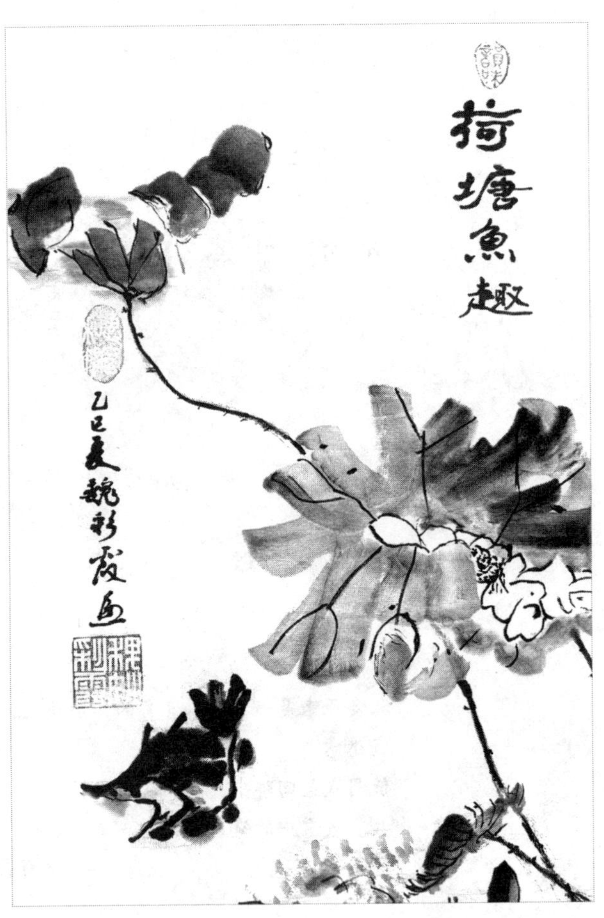

《荷塘鱼趣》魏彩霞 画

爱 你

我爱着你，
以一种决然的姿态，
如无垠沙漠中那一抹绿色的盎然。

以天与地之间的空间与时间，
去思念我们相处的曼妙时光，
将它们一一定格成绝美的画面。

波光潋滟处，仍是你静默的笑容，
以及我温婉的，低到尘埃中的企望。

山与水的距离是你我想念时的倩影，
只想用余生来抓住这分分秒秒。

让呼吸都要变得轻而再轻，
让空气也流淌着我爱你时微妙的情愫。

从远古至今，付出我唯一的微笑，
唯一的执着，唯一的炽热。

直至走到我这一世的呼吸停止，

来世依然可以找寻，
偎依在你怀抱中的温暖。

看完最后一抹夕阳时，
用你的手指轻轻拂上我的眼帘；
让我怀抱对你与人世的眷恋离开。

爱的回答

有人问我，
什么是爱；
爱又是什么；
世上究竟有没有爱？

我笑着说，
世上一定有真爱；
爱是无私的奉献；
爱是默默地等待。

爱是两个人在一起时，
顿时变成了整个世界；
爱是低眉浅笑的心悦；
爱是行走于天地之间的流光。

爱是平凡生活中的嘘寒问暖，
爱是时时犹在的牵挂；
爱是因为有了你的存在；
世界登时变得明亮起来。

爱是面对生活苦重时的勇气，

爱是大难来临时的不离不弃；
爱是没有结尾的乐章；
爱是百鸟朝凤的绚丽。

爱是百花齐放的彩蝶翩然，
爱是面对终极生命的关怀，
爱就爱了，原来如此简单；
爱就爱了，没有什么原因。

爱的神话传说，
其实就在你我之间；
说什么百年轮回；
我要的就是今世的默默相守。

说什么来世再寻，
我要的就是今生的十指相扣；
流年中的似水年华啊；
只是那初识时的过桥背景。

这俗世中的爱情，
终究温暖过你的心，我的情！

那份爱的极光

一份沉甸甸的爱，
胜却人间无数黄金与珠宝。
砥砺前行的路上，
爱是唯一的真相。

奔跑的人们，
是内心狂热的小孩，
是追逐繁星的童趣，
期待下一个奇迹再现。

你给我的爱，
倾注爱人最真实的投影，
不是世人想象的模样，
却是世人艳羡的楷模。

谁能告诉我，一路走来；
收获了你的爱，一如繁花似锦。
在这爱的路上，我不曾后悔；
有你倾心相伴，我已然满足。

放眼世界之巅，有爱才有一切；

有爱的历程，方能酣畅淋漓。

因为有你，温暖了四季；
因为有你，不再惧怕风雨兼程；
因为有你，找回初心；
欣喜相逢时节。

爱的力量，平凡且伟大；
可以抵御世间太多的悲苦，
可以超越生离死别。

沉淀世事，万物含情；
回眸一望的岁月中，
原来——
是你的出现改变了一切！

我愿意

我愿意，
为你执手羹汤，红袖添香。
与你煮酒赏花，品茗对月。

我愿意，
与你赏雪看荷，诗词歌赋。
与你弹琴绘画，下棋对弈。

我愿意，
与你种花锄草，钓鱼打球。
与你读书写字，收集古物。

我愿意，
把日子编织得欢欢喜喜，
尽情享受阳光和新鲜空气。

我愿意，
收拾好所有过往，明亮心情，
换云淡风轻，走千山万水。

我愿意，

与你一起慢慢变老，
述说我们光阴里的爱情。

相爱原来是一场病入膏肓的你情我愿，
我愿意，
低眉浅笑回眸中，青丝变白发，
共赏晨曦中的彩霞满天。

还没遇见你，我如何敢老去

看着镜子里的容颜，
你的身影还未出现。
花儿年年开了又败了，
只怕你看不见，我为你留的美丽。

举足间，轻捻岁月熟；
清风拂，稻谷仰天笑。
忧伤总是在不设防时间出现；
心事它藏在人群中无法识破。

牡丹的华贵，玫瑰的热烈，
她们应懂我的情怀。
我是女王，交出城堡跟你走；
我是路边静默等待的灵芝草，
不敢错过你的无声到来。

我是边塞的雪绒花，傲霜了经年，
渴望南国的雨季，将我来融化。
我愿为广袤的大漠，开辟一湾清泉，
渴望驼铃声声，唤醒我的柔情。

七夕鹊桥喜相会，倒让我心生羡慕，
众生的隐隐往往，却是不见你。
我如何敢老去，不见你的踪迹；
我又如何敢老去，只是不见你的踪迹。

我想逃离这座城市

车站上是喧闹的人群，
等待中是熬人的空间；
住在高楼林立中的人们，
已找不到那诗意的种子。

我早就想逃离这座城市，
寻一席可以让我栖身的小屋；
看过荣华富贵，笑过爱恨情仇，
仍可以伫立于天地之间。

与星辰私语，与阳光对歌；
饮一杯红酒，月光下起舞；
婆娑着斗转星移，黑发变白发；
爱我的那个人依旧微笑如昨。

我们一起经历着梅雨四月，
我们一起经历着寒霜傲雪，
我们一起经历着雷电交加，
我们要深藏着对彼此的爱笑看流星划过！
我们还要一起经历生活赋予的种种琐碎！

我想逃离这座城市，
亲爱的，你可愿意和我一起逃离！

穿过爱的光影

我们来到一个新的世界，
前半生婆娑着前进。

以战士般的精神斗志昂扬，
来不及回顾莽撞的人生。

在以为有爱的枷锁中度日如年，
赤足走过了太多的流光碎影。

可以回顾时，
原来爱的光影投射在最短最美的日子里。

誓　约

夏花曾有意，秋风知落叶。
春风十里，你依约前往。

槐花树下，
踏着暮春的声音；
你踌躇而至，
带着期待。

心灵的约定，不需要言语；
多少个清冷的日子，
我独自咀嚼。

遥望前方的路，
并不是遥遥无期；
把隐约的心事，
藏在这晨昏晨醒中。

我们仍旧可以在下一世，
信守那份心灵的邀约；
来生路上，
依旧前往。

你就在那里

不急不躁，
等着我；
多年的生活无常，
教会了我淡定从容。

年少时苦苦地追寻，
握在手里的幸福被遗忘；
以至于我一而再，
错失在爱的季节。

不是在对的时间遇见错的人，
就是在错的时间遇见对的人；
时间才是我们最大的敌人啊，
我们终究错过了如莲的季节。

定格我脑海里的永远，
是你怜惜柔和的目光；
让我历经世间所有的困苦与悲伤，
依旧还能保留一颗纯真的心灵。

当爱来临的时候

我扳着手指数着星星，
不知道，
哪一个是我的爱人。
终于，在那天夜里，
一颗流星划过，
落在了我的窗前。
那是我常常许愿的地方，
它正是我想要的星星。
原来，所有历经过的岁月都没能被辜负。

当爱将要来临时，
心的等待越发慌乱，
我怕自己没有做好迎接爱的准备。
当爱将要来临时，
那种深入骨髓的孤独感，
伴随着闹钟的滴答声窜入。
当爱将要来临时，
是不需陪伴的思念，
等待一场天荒地老的约定。

迟到的春天

虽然，
不能与你在花样年华遇见；
但是，
能与你在丰饶盛年里相遇；
岁月，也还是能让我们，
深深地倾心一次吧。

我始终盼望着，
一份沉沉的眷恋，
陪伴我终老。
如那枝夜来香，
浓烈地开放，
致命地诱惑。
终将不悔一嗅，
灵魂儿的颤动，
是彼此交付的永恒。

如若爱

如若爱，请深爱；
如若爱，请自爱；
如若爱，必是选择一生的眷恋。
无论我一生经历多少的磨难，
只要给一个爱人的理由，
你我会去追寻。

真正的爱会等候，
真正的爱会守望；
如若爱，请深爱。
选择好，一生等候；
为了爱，梦一生。

如若爱，
不要因为寂寞去滥爱；
那样会毁掉你对真爱的追寻，
会迷失你自己无处躲藏的心。

真爱不会背叛（赠友）

以前我认为，
他背叛了你。
现在，我终于明白，
你们没有爱情。

因为，真正的爱，
是不需要背叛的。
所以，真正的爱，
一定是不敢背叛的。

当一个人如若，
背叛了自己的真爱。
就等于谋杀了自己，
一颗活着的心。

我要稳稳的幸福

我只要一份稳稳的幸福，
开心而简单的快乐生活；
拥有你的真情我的真意，
握着你的大手我的小手。

面朝大海有春暖花开，
只愿天长地久永相随；
我愿我的幸福满满的，
装着你的诚心我的梦。

躲过风起的日子，
不再远远地眺望；
一个实现了的诺言，
盛着你我所有的未来。

致婚姻

——当今社会婚姻现状感怀

当婚姻如同断了线的风筝时，
你们竟然无能为力；
那是心遭遇了强盗，
那是灵游离了躯壳。

所有春天小草萌芽的日子，
所有花儿恣意怒放的摇曳，
所有许诺过的海誓山盟，
所有牵挂过的缠绵过往，
你们已经淡忘。

当激情抵挡不了生活的琐碎，
当九月收获不了爱的硕果，
当旧情只是一支流浪的歌曲，
你们终究败给了岁月的流年。

可是，可是，
燕儿南飞尚能北归。
西域的大漠扬起了风沙，
驼铃声声那一定是爱的歌谣。

江南有着美丽的水乡憧憬，
执子之手曾有与子偕老不再；
生离死别的故事听得太多，
你们的生别就在此时。

今后，你们天各一方，
亲人的痛楚尚在眼前；
彼此的音讯不再重要，
祝——彼此安好！

爱情的名字

春风吹拂你的双颊，
秋雨淋湿你的头发。
夏花染红整个天空，
冬雪不觉飘过年终。

我在岸边悄悄地想你，
你在困住的城里挥洒余生。
我已在心里将你放下，
你却挥洒着笔锋说想我。

原来你情我愿只是一场阴差阳错，
原来思念只是一场无来由的误会。
叫你我在闲暇的时光做了一场梦，
梦中的名字叫爱情。

有一种爱叫别离
——有感于女友的故事

我知道遇见你是错误，
可偏偏如飞蛾扑火。
我知道遇见你是伤害，
可仍然要不管不顾。

我知道，过了今夜你就要走，
然而，理智已控制不了我。
我愿意，交给你我的全部，
不管明天太阳升起后的忧伤。

我愿意，如花般为你肆意开放，
不论明天是否会各奔东西。
我会选择对你的深深眷恋，
一世不长，但足够让我去怀念。

只怕，有过你的日子我会选择孤单；
只怕，余下的时光我在回忆中度过。

爱的里程碑

欢喜的旗帜飘扬在心间，
岁月的痕迹刻印在额头。
兜兜转转走进爱的里程碑，
却是丰盈无比，宛若新生。

看春有百花，夏日炎炎；
秋水伊人，冬来料峭。
我们比翼连枝，向阳而生；
相伴余生，何惧风雨。

让苦难为爱臣服，
让天地为爱作证；
丝丝缕缕都是爱的记忆，
人世间的沧桑在爱面前只是沧海一粟。

听，幸福的号角早已吹响，
在初识的无声岁月里，
被四季渲染，酝酿一场盛宴，
来一场与尔偕老的誓言。

一道光——照亮你我，人生从此无憾；

爱的山河无恙便是美好不负。
你我摇着幸福的小舟驶入，
这爱的里程碑，把红尘共度！

因为有你

一路芬芳，因为有你，
在期许的目光下成长，
奏一曲生命重生的乐章。
小径通幽，大路朝天，
将枝枝蔓蔓全部剪去，
等待爱的常青树仰天疯长。

风吹青草，山河染绿，
亘古不变，多情笑我，
可否唱一曲美妙绝伦的歌。
夜莺不息，斑鸠恩爱，
百花齐放，百鸟朝凤，
让温暖的爱为世界添彩。

大雁南飞，梅妻鹤子；
乌鸦反哺，孝义长存；
世间万般的爱情怎地懂得。
用相伴铸造那爱的传奇，
打磨属于你我的千金一诺，
有你同行，终究不悔！

因为有你（外一首）

我的心空再无阴霾，
从此云开日出，
星灿月明。

因为有你，
我的心海再无波涛，
从此风平浪静，
白帆悠然。

因为有你，
我的心田再无荒漠，
从此百花盛开，
四季如春。

与爱永绝

——有感于《山楂树之恋》

亲爱的，我知道，
有一天，我将离你而去。

我将和你诀别，
在生与死之间。

我静静地等待这一天来临，
但不拒绝春风与秋雨拂过。

在有你陪伴的日子，
依然可以和你一起奔跑，
去寻找快乐的种子，
去寻找春花灿烂秋叶寥落。

我知道，世界的万物规律，
冬风它会拂盖住我的眼帘。

可我依旧怀念，
和你在……人世间的美好。

与你相处的每一个日子，

都是新的开始。
每一天，
都被你安排得妥妥当当。

我想……我可以，
在生与死之间淡然面对，
弥留之际绝不慌张与恐惧。

但还是想要听听你的声音，
听见你叫我名字时的幸福，
那我的眼泪会无声地流下。

爱情论

我曾经千百次地问自己，
爱情该以怎样的模样出现。

是在轻歌曼舞中盛装出场，
还是尘世中不经意的回眸。

或是在平淡中暗生情愫，
可能是翩然出现顿时惊喜。

可以如恼人的秋风席卷而来，
可以如潺潺流水温润如玉。

可以如夏日炎炎炙烤狂热，
可以是冬日暖阳普照心田。

可以是三九寒天凛冽无比，
可以是鸟语花香彩蝶飞舞。

可以是地狱中的天堂，
也可以是天堂中的地狱。

它让每个人不曾有抗体，
却让每个人甘愿被感染。

爱情的美好在于厚度，
从此你的生命有了故事。

我爱你

我毫无祈望地爱着你，
面对高山、大漠、驼铃、胡杨，
我只能想象有你在的样子，
以及和你双目相对时的模样。

每天起床、吃饭、工作、写诗，
我在每一个落雨的日子都会想你，
想你现在干什么，在什么地方；

你离我是否遥远？
你说你喜欢在纷飞的大雪中散步，
说这话的时候你淡淡的，
我听着是欢喜的。

我毫无祈望地爱着你，
秋的果实已经成熟无比，
我渴望去你的城市看望你。
以一个朋友的名义，
然后放下北方的哈密瓜就走。

或许你诧异——或许失望，

对我而言已不重要；
爱你使我的世界变得格外不一样。
而在整片爱的海洋中，
爱你只能是我一个人的事。

生 活

心里有光，生活明亮；
眼里有泪，情感真实。
走走停停，并非懈怠；
恩恩怨怨，只是过往。
这应是世界原本的模样，
这应是你我内心的呈现。

等　待

——看《荆棘鸟》一书有感

似醒非醒的面容，
暗藏着思绪的对白；
闪烁的街灯，
无语和黎明交接。

我终究和你隔岸而歌，
暗消孤独心事；
隐忍潸然泪下，
谱写无法相守的生别。
荆棘树下，
埋下一粒种子；
春来发芽，
夏如繁花。
秋若星辰，
等到鸟儿来放声歌唱。

于是，等白了黑发，
于是，耽误了青春，
留下的终是一生幽怨。

等待的心

我四处寻找你的身影，
看彩蝶追寻着花蕊芬芳，
体味它们的幸福。

期望是一首萦绕不绝的老曲，
驻在空寂良久的心田，竟不觉悔。

花儿芬芳着泥土，
你的身影，
不知在何处徘徊。

漫天的白雪在城市的上空飞舞，
你还是与我隔着那山那水，
沧桑了等待的如花容颜。

灵魂的等待

浮躁的心是一粒没经挑选的糙米，
渴望宁静的灵光来将它轻轻抚平；
带来轻快的脚步驱赶遮挡的雾霾，
沉重心事是我数也数不清的星辰。

谁又能前来挽救我苦痛的灵魂，
借一抹霞光照进我心灵的角落；
看能否向上帝讨要一枚忘忧果，
跨越时空是我戴着脚镣在跳舞。

多次想放弃红尘又要再恋红尘，
弹奏一曲妙音跳一段绚丽之舞；
用倾心去追逐今生的无缘相遇，
如何让我能孤独这人世的等待。

太阳和月亮能在窗棂不期而遇，
而我和你竟还在隔着千山万水；
以至于我将要丧失等待的勇气，
我期待着我的爱人来把我找寻。

美的境界

哪怕，只为见你一面，
千里迢迢，
最终，留下一生的怀念，
黯然神伤。

我饮一杯清茶，
你掬一把热泪，
把人生的无奈悲苦统统抛洒。

胸怀究竟该有多大，
容得下所有的不舍。

放一放伤感，
抒一抒胸臆，
思念原本是一支歌，
萦绕不绝。

你说原来相思是一种病，
沉疴不愈，
谁来疗治？

空间的距离，

心事来承载。

所以，见与不见你都在那里；

所以，距离成就了美的境界。

天，为何这样黑

天为何这样黑，爱人，
我无法牵住你的大手；
生活的一叶小舟；
载不动你我的哀愁。

天为何这样黑，爱人，
我多么想牵住你的手；
葡萄架下的紫红丰硕，
可是我隐秘的渴望。

天不要这么黑，爱人，
我要握住你的双手；
深谷中传来的胡琴声，
是哈萨克巴郎的心曲。

天不再这样黑，爱人，
我已握住你的手；
布谷的清亮传输了春天的气息，
百灵的婉转诉说你已来我身旁。

你

赏你犹如一幅精美的画像，
怨你不曾明白我的心意，
痴你是我心灵默默地交付，
愁你离开我的眼便进了我的心。
宠你如一个快乐的小孩，
觅你我千百回终将不悔，
想你心累又窃喜，
问你曾有的傻傻模样。
梦你与我小径幽巷中并肩散步，
对你我有着如此澎湃的激情，
依你是我内心满满的幸福，
念你是刚在身后却在眉头。
眷你是我一生的牵挂，
忆你是我难舍的情怀，
遇你是我今生最大的幸运，
思你是我隐藏的秘密。
看你是我不变的渴望，
见你是月圆时的惬意，
望你是花开时的美好，
问你是欲言又止的期许。
寻你是山水无际的跟随，

恋你如春天般无法阻挡，
要你天天开心健康常驻，
为你三生三世盟誓相约。
愿你我夕阳西下相拥而坐，
疼惜你为我憔悴人比黄花瘦，
望你我多愿今世不再分离，
爱你是我此生学习的课题。

千岛湖之恋

那一年，
与你不期而遇；
超然中透着欣喜。
你的存在，
让空气多了别样的情愫。

杨柳依依，
我依水而立；
无意与你合影，
竟是天地万物和谐的写照。

那一月，
我拾级而上，
身旁有你款款的关怀。
梅峰岛上正白雪飘落，
身后有你追寻的目光。

那一日，
我摇动水轮，
晴川古镇为我祈祷，
千年樟树静默期许。

那一刻，
我毫无防备，
你爱的种子早已播撒入怀，
在思念中绿树成荫，
向我传递世上最美的心语。

那一瞬，
我恍若如梦；
当流星逝过，
爱的心音敲击如鼓。

我笑若夏花，
原来，
埋藏最深的心事，
竟然，
是从此遇见你。

秋 别

我留恋你温暖的怀抱，
这样静静地依偎其中。
感受彼此心的距离，
躲闪着你眼神的迷离；
但愿时间就此停驻。
写了多少首憧憬爱情的诗篇，
那是等待你的心音。
今天它终于来临，
在我执着的等待中，
它踏着缓缓的脚步，
走进了我的心房。
我用欢喜迎接你的到来，
喜悦在我们的脸上开花；
两颗心在时空的交错中，
露出别样的美丽。
我无法现在说爱你，
只愿未来的岁月里，
无论坎坷还是幸福，
有你温暖的大手握紧我，
共同走向世界的一端。

十相问
——读仓央嘉措诗歌有感

若无相见，怎能相念？
若无相守，怎能相知？
若无相思，怎能相恋？
若无相聚，怎能相守？
若无相伴，怎能相忆？
若无相亲，怎能相爱？
若无相偎，怎能相依？
若无相欠，怎能相负？
若无相负，怎能相问？
若无相问，怎能相伤？

赠

我沐浴在你爱的春光里，
体会你倍加怜惜。
你遥遥吐露着爱的眷恋，
让我无法躲藏。
可是我终究不能接受，
我在等待另一个灵魂的脚步。
他的气息已渐渐靠近，
我已经探手便可以触摸到。
那是一种太阳的灼热，
我的灵性期待着他的到来。
万物仿佛与我一起等待，
那几生几世不了的前缘。
我曾如冬眠般不愿苏醒，
那内心的睡狮盘踞期间。
我只能默默地祝福，
愿有一个人像我爱他那样爱着我！

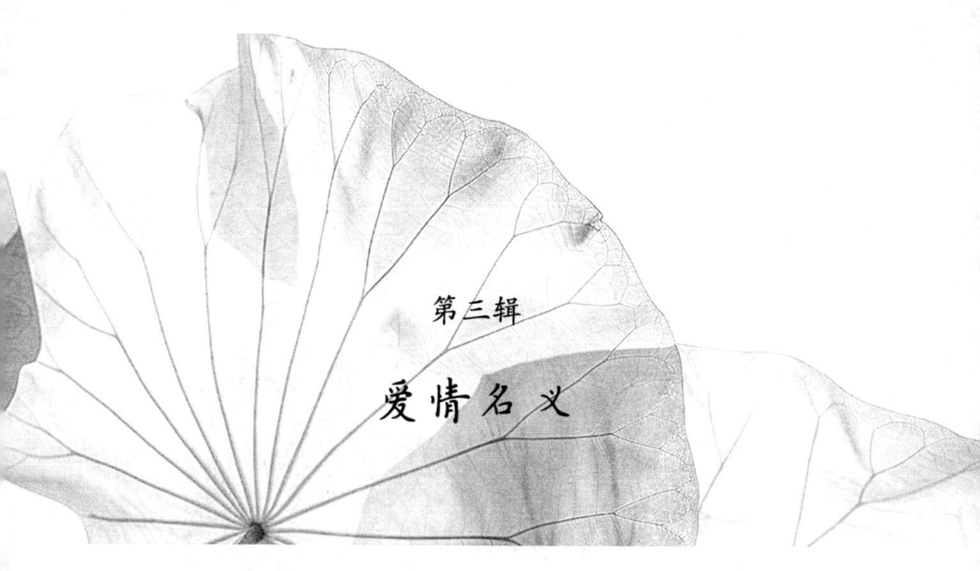

第三辑

爱情名义

多想寻一支长篙，
丈量在你我之间，
没有生的距离。

——选自《念》

等待相见时，
绚烂寂静的天空，
点燃世间最美的心灯！

——选自《等待》

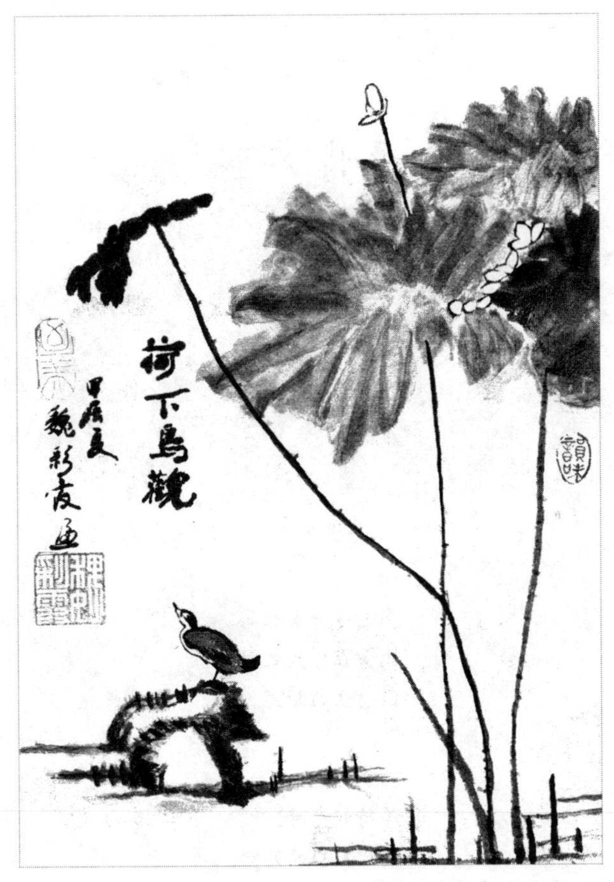

《荷下鸟趣》魏彩霞 画

爱的力量

关怀密不透风，
沉沉压来。

最原始的欲望，
喧嚣着向前。

争先恐后地炫耀，
最璀璨的光华。

踏着和谐的节拍，
排遣积聚多日的念想。

看万紫千红争先斗艳，
摇曳着最淳朴的炽热。

我知道这爱的力量，
一定是爱情所赋予。

正是季节

驼铃声由远及近，
我在故乡怀念。

雪峰开始冰冻，
我的心炽热无比。

九月的风徐徐吹过，
苹果树已是硕果累累。

不由分说的爱恋，
正幽幽吐纳马兰的芬芳，
溢满秋的枝头。

行走无人小径，
看满天大雁南飞，
馥郁深爱岁月的收割。

紫葡萄闪烁清晨的露珠，
泪……已成行。
夜来香绽放生命极致诱惑，
爱……也成塔！

我的心曾一度跳跃

我的心曾一度跳跃，
它为你的一个眼神，
让我沉醉，
以至于不可自拔。

爱的太多体验，
我并不懂得，
所能给予你的，
是我一颗执着的心呐！

当清风拂过我的脸庞，
当明月照进我的心房，
你的身影毫不犹豫地，
刻进我无法躲闪的脑海。

爱，就爱得彻彻底底，
爱，就爱得轰轰烈烈；
当青丝染上岁月的白发，
我依然能够怀抱对你的爱，
走进岁月的沉疴。

温暖我一生的是你的爱

既然我们的相识是无法躲避的，
那么相爱便是相知的必然理由；
牵挂是天边那一抹不舍的夕阳，
眷恋似那乡间栅栏上的爬壁虎。

相思的日子是那么长，
相恋的日子是那么浓；
想念中你踩着幽幽的青苔来我梦里，
惊醒后徒留泪痕挂满腮宁愿缱绻中。

杨过与小龙女越过世俗障碍重重，
自此江湖神雕侠侣真情美名传；
然一阕沈园错错错留下千古憾；
宝钏十八年寒窑苦等薛郎却见新欢。

抚古追昔不让此生留有悔意，
方换得郎有情妾有意；
沧海一笑独留你我傲然相伴，勇走天涯。

念

思念是举箸前莫名的伤悲，
我无法阻止自己去想念你，
虽远却近在眼前。

多想寻一支长篙，
丈量在你我之间，
没有生的距离。

你就俯在我的眼睑，
挥之不去，
我的思念如月。

亦如那涨潮的海水。
充盈在你的岸边，
直至奏出不断拍打的江涛声。

给我，你的秘密

给我吧，你的秘密，
在这个黄昏到夜晚时分。

杨树的风吹给了柳枝，
心的湖面已起了阵阵涟漪；
我迈着相约的步伐，
甜蜜着，想听到你诉说衷肠。

我羞怯却又害怕听到你的真言，
星星与月亮不谋而合地挂在树梢头；
莫非他们也想听到你的秘密，
好向明日的太阳诉说私语。

静谧中松叶落下的声音可以听见，
万物此刻也在侧耳倾听；
我早已羞红了双颊捂着双眼，
透过指缝看到你一样红的脸颊。

你攒着多年的力气，
轻诉着让我眩晕的，
自开天辟地以来，

世上最动听的那句话。

你给我了，你的秘密，
在这个黄昏到夜晚时分。

丁香祭

落花有意，流水无情，
千万个幻想在，
丁香花瓣中坠落，
独自留下一地的凋零。

春分相送，秋念风月，
只是天光一色眉影处，
骑马奔驰在苍茫大地，
留下飞渡远去的身影。

四月的丁香幽幽地，
芬芳着万年间的情爱；
六月的桂花还没有开始飘香；
五月的石榴就会红艳如血。

我手捻一枝丁香花眺望，
远方青黛如画，
只为怀念，
曾经与你的不期而遇。

是不是再漫长的岁月，

只要有丁香般的余味，
就会穿越时光的隧道，
入驻我柔软清亮的心田。

渴望真情

渴望这世间有一份真情，
任我如鱼儿般自由徜徉；
江心有你的爱如那潮涨，
扬帆起航沿途不会抛锚。

渴望这世间有一份真情，
让我可以无拘无束欢笑；
想起你时脸上会有微笑，
掏心窝的话永远不嫌多。

渴望这世间有一份真情，
可以一路前行伴我终老；
当我容颜不再皱纹横生，
依然呵护把我捧在手心。

墨殇花开

你说，两两相守，不忘初心；
后来，烟波流转，往事若梦。
你说，春花秋月，相携共度；
后来，兰芷休辞，万般蹉跎。

你说，前世有约，情牵勿忘；
后来，花开花落，几度惆怅。
你说，今世相逢，此生相伴；
后来，芳草萋萋，隔岸遥望。

你说，黑发起始，白发皓首；
后来，誓言不在，独我忧思。
你说，你画我诗，吟咏轻赋；
后来，蕙兰雅室，音在人去。

你说，斗转星移，藏于痴情；
后来，紫笺虽在，锦书难托。
你说，一帘幽梦，岁月静好；
后来，现实所迫，几度离索。

你说，迎春知意，藤蔓见伊；

后来，槐花树下，香飘无归。
你说，石榴饱粒，逊我婀娜；
后来，青苔阶下，绿意斑驳。

你说，看我笑颜，抵过千城；
后来，音信全无，离期漫漫。
你说，双雁南飞，不离不弃；
后来，泪洒蓬莱，形单影只。

你说，天涯海角，相伴同行；
后来，小院曲径，何堪回首。
你说，爱意绵绵，丝帛眷眷；
后来，子期不在，琴瑟难合。

那一天

愿从相识的那一天起，
我开始扬起风帆起锚远航，
想要和你一起走遍天涯。

多少思念的日子放飞在远方，
我想和你在火热的夏季热恋，
谱一曲属于你我的甜蜜歌谣。

风筝在蓝天上飘浮，
那是曾有过的爱情幻想，
若两小无猜的爱情来临，
那该是多么的快乐！
这热情澎湃的激情是渴望的主题。

思

蓦然，
心里有一片忧伤，
那是想起你的时候。

所以啊，
从未有过的心事，
正毫无预兆如山花般弥漫开来。

只想择一城终老，
还要遇一人白首。

是否，
心愿终究会是一场匆忙的及时雨，
散落在念想中雾里看花。

无　题

我用一朵玫瑰绽放岁月，
去芬芳有爱情的世界。

始终如一和大地亲吻，
绿了芭蕉，落了秋雨。
等待醉人的探戈与你同舞，
找寻一世的牵挂来眷恋。

梧桐树，飞花走絮，
炫舞晴朗的天空，
温暖我今世的渴求，
把你来咏叹！

寻

始终相信，
你会循着足迹来找我。
在蓦然的回首中看见，
夜空下一枝清新的莲，
正开放得恣意又从容。

这俗世中的幽谷回望，
是我今生的默默等待；
只为前世有你，
越过人群中的那一眼怜惜。

思想的朦胧中，
我是如此清醒有你的存在；
心灵的最深角落，
可以感受到爱情的温暖。

我不知你在何处，
只能等待你的来寻；
哪怕再一次错过今生的，
静寂等待。

觅 渡

我知道，那一世，千年古道找寻你。
我知道，那一年，喜鹊旋飞传佳音。
我知道，那一月，彩蝶起舞曲伴吟。
我知道，那一日，相逢宛若浩日升。
我知道，那一瞬，涟波四溢满秋池。

轮回中，烟波里，缥缈云裳恋红尘。

你可知，这一世，诗词歌赋伴等候。
你可知，这一年，耳畔清音箫声远。
你可知，这一月，流星划过海鸟惊。
你可知，这一日，焚香祈福求相见。
你可知，这一刻，泪水沾襟湿双颊。

找　寻

穿透时空的永远在那儿停留，
隔岸相望的是心灵的契合。

渴望本是来自心灵的成长，
曾几何，我们追逐着名利。
可曾想，日渐麻木的心灵，
已丢失了精神家园的归路。

物质富足取代了精神荒芜，
于是，我们跋山涉水找寻。
哪怕只是精神乐园的一隅，
也会焕发满心的欢喜灿烂。

是啊，我们已丢失得太久，
所以，我们的精神家园呵，
今天，你我需要把它找回！

遇 见

虽然，
没有在花样年华时遇见你。
但是，
能在丰饶的盛年与你相遇。
我想，
这应该也是一种别样的美丽吧！
因为，
它是我在佛前求了多年的心愿。
看那，
紫丁香正在漫天遍野地怒放。
百合的香弥漫了整个城市，
百鸟放歌彩蝶起舞。
一起朝圣这迟到的相遇，
从此，有你的世界多了五彩缤纷。

爱人的影子

快点爱人，快快来到我的身旁，
迈着你的脚步奔向我们的幸福。

百鸟放歌吹响了晚春的号角，
曾经的岁月我们已销蚀太多。

飞鸟掠过的日子不曾有你的足迹，
需要你踮着脚尖快快把它来跟上。

缺少你的日子我的心灵分外浮躁，
只好苦等你用温柔的轻吻来抚平。
爱人的心分明装着心上人的影子，
我已等不及看到你那酡红的脸颊。

我多么渴望捕捉到你清亮的眼眸，
酒杯末端，却已微醺。

来吧爱人，请快快来到我的身旁，
让我牵着你的手行遍千山万水。

看　海

——赠女友

那一天凝望海上日出，
隔着海岸思念你。

曾经海浪涨潮般汹涌，
留下退潮时平静徐徐。
我既然选择了远行，
就一定接受了别离。
纵有再多的不舍，
也是前夜的笙歌。

它被生活的暗流袭击，
使我始料未及。
纵有再多的回忆，
亦是美梦的结束。
你被现实的利箭击中，
使满怀理想的我失望。

鲜花再美，终会枯萎；
美人再美，终会迟暮；
情分再浓，终会相离；
而我和你，隔海相望。

忆
——读卓文君的千字文

一别后，
二地相思。
三欲诉衷肠，
四寄桃笺传佳音。
五月槐花落满地，
六月荷塘月色撩。
七夕鹊桥盼团圆，
八送巧书雁回传。
九字顿首意难鸣，
十愿同心结今生。
百思量，
千云裳。
万抹花红蝶旋绕，
万言可抵千字文。
百般悬念十相问，
重九依窗怀乡台。
八月秋高桂花落，
七月梦回江南寻扁舟。
六月似火，郎情妾意双修好，
五月柳丝如媚，道不尽悠悠绵长。
四月暮春尚好，踏青独恋影，

子期去，三月抚琴少音和。
琵琶抱，二月犹怕迟迟归，
风起舞，一月蜡梅春报晓。
郎呀郎，何时盼得你归来，
郎呀郎，共度今世岁月好。

看电影《归来》有感

当思念是一蓬草，
岁月正手持婆娑利刃，
横扫春的影子。
我孤独站在月下，
倾听往爱之歌，挥舞风的清音。

我一别数年的面容，
在你执着的思念里，
竟然是如此模糊不清。

只留心底最初的记忆，
爱就在那里原封不动，
只是苦了保留记忆的你。

泪模糊苍老的双眼与面容，
无论清晨与夕阳让我来陪伴你吧，
爱了——便了无怨言。

爱情的名义

我不远不近想着你，
只是怕惊醒了爱情。
我不远不近在沉默，
只是怕扰乱了春水。

用如丝的柳絮缠绕，
思念那一头的面容。
渲染了四季的华彩，
浓墨了汉赋与唐诗。

我无法走近你，
只能不远不近，
截一段淡淡剪影，
放进个人的历史。

我想走近你，
我还是想走进你，
走进你的深梦，
穿越整个前世今生。

爱情的种子

明月总是代表相思，
牵挂你的人总是我。
上弦月的天空，
我的思念遥遥无期。

下弦月躲在云雾含羞，
我潮湿的心暗自神伤。
满月的皎洁澎湃起舞，
告别清影美丽之梦。

谁人知晓夏夜鸣虫一片，
竟然是为迎接你的到来。
悠然数数明天会有几颗星星，
隐在云层绽放深沉光芒。

原来呵！
我的爱可与日月星辰同在。
那是爱情——
万年不变的亘古。

遇见你

自从遇见你，
我的世界不再兵荒马乱。

我在这世界寻找真爱，
愿找一个与我同样情比金坚的人，
渴望一生一世一双人之境界。

如今，我找到了，
希望你不曾辜负，
为我许下的千金一诺。

错　过（一）

我们已错过太多，
在所有不能释怀的季节。
踏过春花灿烂的浪漫时节，
却无法收获爱的海洋世界。

原本让你能一生牵着我的小手，
无论是去天涯还是海角。
青春终究已成追忆的旧电影片段，
隔着心灵的栅栏不能碰触。

过去有着深远的印痕，
和我不能摈弃的青春时光。
你将如何用为时不多的余生来怀念，
又将如何缝合已然凌乱的心灵。

当我未来的画面不再有你时，
我知道，我的心，
它已不再属于你，
从此隔着山隔着水。

错 过（二）

原本，这人世间的惆怅，
哪一件不是和你有关。
我以为红尘浮世，青丝白发，
唱一首歌和你慢慢老去。

谁知，拈花一笑，
千般繁华，换痴情落尽。
如今，你这一丝一毫的思念，
莫不是看尽千帆的回眸。

你轻叹一声，
好似峰回路转的开始。
青山绿水，桃之夭夭，
我的心——却在千里之外。

等 待

我一直在这里，
静静地等待，
等待你的千年一寻。

我一直在等你，
穿过千山万水的沼泽，
越过人群中的那一眼怜惜。

等待相见时，
绚烂寂静的天空，
点燃世间最美的心灯。

致我们曾经年轻的心

我们，
像两条游向不同方向的比目鱼，
无法并行。
更无法，
到达预想中的目的地。
所以，
我们选择了放弃。

不是，
所有山的伟岸都能承载水的柔情，
绕指柔只是最年轻的浪漫。
一咏三叹是一场梦网的编织，
所以呵！
在今夜以及以后更多的夜里，
我们，
终将如同未相识般汲汲向偶；
但辗转反侧不再为彼此。

有你的日子

日子是幼时抓起的藤藤草，
拼命缠绕而顽强地生长着。
从不曾想过会有你相伴，
在若隐若现的每一天里。

不经意中回眸红尘有你，
祷告中的天堂沉静祥和。
意念中的你就这样驻在，
我无法躲闪的心海中呵。

一个人的路孤寂而漫长，
有你相伴我便不再孤单。
单飞的大雁徘徊再徘徊，
它在等待生命中的旅伴。

风信子的花儿开了又败了，
海水般的思绪潮涨又潮汐。
朝阳相看桃花相伴又一春，
让有你的日子伴我在路上。

意 愿

我梦想着我的白马王子，
他骑着马儿迎着晨光朝我奔来；
就这样静静地停在我的面前，
热切地注视我。

我不能拒绝，
直到我随他上马环抱他的腰；
留下马背后的所有牵绊，
飞驰向苍穹深处。

从此，
我们想要的生活，
只剩下天与地的空间，
谱写着一个男人与女人的故事。

夜的黑

夜的黑是她欲罢不能的苦痛，
穿过黑的夜读懂万籁的寂静，
永远躲在那深不可测的未来，
宇光似一道无法解密的方程。

黑的夜掩盖了多少女子的泪，
夜的黑隐藏着不可知的秘密，
惨白的月光如她心灵的凄楚，
爱的千古颂唱把它当作故事。

寻爱的路上她怀着旖旎憧憬，
期望的心失望的泪绝望的痛，
在有回望的来路上洒满一地，
疲惫的心将身压得万劫不复。

勃朗宁夫人爱的诗歌十四行，
蒙娜丽莎的微笑万层画涂抹，
她们告知她爱的路蜿蜒崎岖，
高贵的心灵怎能轻易遇上爱，
于是啊，
她只能在夜的黑里泪如滂沱。

幸福的影子

生命中有许多可以记住的事，
其中包括你给我说过的每一句话；
它们一字一句我都可以记得，
放在了记忆深处不忍翻阅。

从相识的那一刻起，
幸福之后就开始打开；
幸福之花深深地种进了你我的心里，
世界上从此多了两行形影相随的足迹。

为了我们可以把握的幸福，
也为了我们心中最初的理想；
相处之道需要智慧与耐心，
相处之花也需要灌溉与扶持。

春天来了又去了，
杜鹃花开了又谢了；
可以共度的时光并不多，
我如何能挽留我们的韶华时光？

心　事（一）

把心事锁在箱底，
如陈年老酒，
不忍打开。

芬芳去日的年华，
打磨心灵的空间，
春日将风筝放飞。

终身揣摩，
彼此心的距离。
系上思绪那一头，
蓝丝带会唱歌。

挥舞幸福的双手，
拥抱着暮年的余晖，
不是归客的身影，
我如何能不牵挂你？

曾去的呢喃唤回相伴的脚步，
正浮上眼帘。

心 事（二）

心事如同喧嚣的海浪，
相逢于蓬勃的思想中。
时而杂乱无章，
时而隐隐约约。
未来的长线模糊绵长，
无法确定你我的未来。
爱的绽放，
犹如昙花一现。

心灵的舞蹈

有那样的一天，
我无法对你言说；
怕心灵的重负，
灼伤了自己。

不敢爱，不是不想爱，
渴望真情又拒绝真情；
未来的路不敢去想，
面对你我又该如何？

我知道我不是绝对的好，
这世界也不是绝对的正确；
可是，可是，
漫天飞舞的白雪能否带去我的思绪？

期待春，
待到山花烂漫时，
我会是那最美丽的一朵吗？
绽放在你摇曳的枝头！

相　聚

举起杯的刹那间，
熟悉的场景再现。
你是谁，
为何似曾相识？

疑是前生过桥疾走的书生，
我是桥下凝望的那株兰芝。
无助而甜蜜看着远处的你，
哪怕有五百年的静寂苦痛。
换来的只是这遥望的一眼，
及转身离去后的衣袂飘飘。

所以今生呵，
你我依然只能以这样的方式相见。
把酒言欢已成相聚的主题，
只为那微醺中的恍若隔世。

你渡不过现实的江河，
我越不过思想的栅栏。
所以我们还得再约来生，
直至五百年后我们依然前往。

我已告别了你

从形式到心里，
我已告别了你。
从此内心的纠结不再，
雾霭般的日子已远去。
所有关于你以及青春的影子，
偶尔在若隐若现的梦中出现。

既然在对的季节，
我毅然选择了你。
自欺了心灵这些年后，
留下岁月斑驳的剪影。

还是远离你吧！
我依然要去追寻真爱的那一片天空，
夕阳落在我那日渐老去的容颜，
依旧无法阻隔我心灵的青春。

轻怠了，我的过去恋人；
不再问是什么使我俩无法相守下去。
有一天你会知道，
你失去的是我一颗金子般的心灵，
虽然它刻在了岁月无法流逝的年轮里。

我就在这里等着你

远远地，
我就在这儿等着你。
告诉你，
今生来还我前世的债。
许下的，
是一世不变的承诺。

多少次，
午夜梦回思绪的缠绕。
片段里，
静静地相看。
恍惚中，
疑是五百年前许下的愿。

就这样，
栀子树下，
欢喜着，
你的心，我的心。

你给了我一个梦

你给我了一个梦，
一个绚丽无比的梦，
我沉醉其中不愿出来。

当现实向我袭来时，
我选择了内心的召唤。

你给了我一个梦，
一个憧憬未来的梦，
能执子之手与子偕老。

它只是一个梦，
一个让我可以幻想的梦。

你给了我一个梦，
一份沉甸甸的真情，
以及愿意交付一生的相伴。
可我们的轨道终究不能并行，
请原谅我，不能爱你的勇气。

误红尘

我们相隔天渊，
千丝惹来多情恼。

我们鼓盆而歌，
一抹香草美人颜。

唱着同一首歌，
发出不同的音。

终究是误了我的容颜，
耽搁了你的佳期。

妄念它日月疏影，
以决然的姿态。

摇曳多梦的岁月，
空留百年的孤独。

生　别

走在如潮的人群里，
谁能看到我心底的哀伤；
柳叶轻拂过我的脸庞，
水波荡漾起我的心房。

穿越青山的连绵，
眼前竟然失去了绿黛；
我的幽怜宛在海中央，
似美人鱼锥心的双足。

原本以为，
你能牵着我的小手，
走到幸福的彼岸，
犹若海浪和沙滩。

如今，现实是一把锋利的剑，
我们被劈成了，
两座远望的山，
从此，天涯相隔。

我该感谢你的离开

爱已远离了我们这么久，
那么就默默地放你走吧！
不需要太远也不要太近，
太远会隔离我们的亲情，
太近会触到彼此的伤痕，
不远不近保留着距离吧！
曾经的相濡以沫只是呵，
天空飘过的那一抹云彩，
集聚过后再淡淡地散开，
俗世的爱恨不再那么重要。

我仍是要真心感谢你的，
留给我一片深蓝的天空，
可以任意去填补有你在时，
不曾想填染过的所有色彩。
我不会也无法学会去恨你，
不愿内心留下太多的污垢。
我只想留一个清净的世界，
还我一片无人踏过的净土，
以承载我能奉献的心灵与执着，
直至遇见另外一个他时燃烧！

无　题（一）

原以为，
错过了你，
就错过了一生。

可是，
在这样一个冬日的夜晚，
淡然地想着与你有关的日子，
竟如天上朦胧的月牙。

忆起遥远的往事——如烟，
斑驳了秋日的清凉如水。

原来，
再美丽的过往，
也只是一段储存了记忆的河床。

无 题（二）

多少次的意念丛生，
是一抹夕阳落下时的余晖。

我踏着疏影斑驳的小路，
寻找缪斯的方向。

那消失的爱情，
已如昨日满地黄花，
枯萎得不忍相看。

但唱一声余音袅袅，
可知春光依旧无限好。

敢　问

世人眼睛看见的全是恐慌，
我们终究丢失了心——良久；
早年追寻的理想被搁浅，
难道是脚步已走得太远。

把夜晚留给月光，
把斑驳留给沉思；
温暖的阳光躲进云层，
缠绵的春雨蒙住我的眼。

爱，离我很远，
心，没有涟漪；
努力地忘却，
纠结痛苦的根源。

神伤不再是夜晚的专利，
终将淡忘；
你我曾有的风花雪月，
笑问——白头偕老的誓言。

荆棘鸟

我是一只荆棘鸟，
飞在夜空中。
磨难是我重生的勇气，
不论一生是否短暂。

天空中，大雁排行，
我不羡慕。
有小鸟邀我同行，
我拒绝了。

我的一生很短暂，
只为一个爱的理由。
完成了爱的使命，
就会璀璨无憾地离去。

我是一只荆棘鸟，
我在寂寞中生，
在灿烂中去，
只为找到爱的付出而去。

酒醉也知归处

你说，酒醉不知归处，
可否，佳信传良言。

我知，你只有借酒微醺，
才敢交出你最真实的心，
夜幕降临中细说最深的沉重。

矜持是属于白日的，
在这个初冬黑暗的夜晚，
热烈着你的思想，
空气中流淌着温暖的暧昧。

多次澎湃欲发的心事，
绞痛的是日渐麻木的情感，
酒醉不知归处。

知否，知否，明日的你是否，
醒后还能记起，
今日此时，
你给我说过的每一句话。

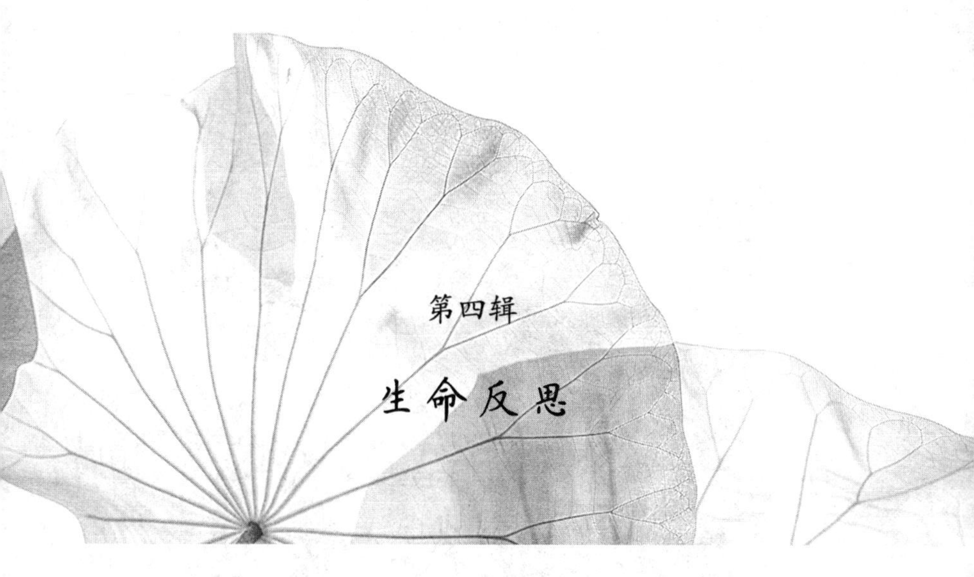

第四辑

生命反思

我们都是这人生旅途中的孤儿，
为了梦中的橄榄树，
我们甘愿流浪。

——选自《我们都是人生旅途中的孤儿》

请你，静静地，
静下来，
品尝你的孤独。

——选自《对孤独的回答》

《乡村风光》魏彩霞 画

人的命运

人有多少次的错误，
就有多少次跃起的挣扎。
肉眼看得见的是心上的血，
天堂的流光曾无数次唤醒沉迷的灵魂。

是鹰就要搏击长空，
惨壮且要面对生的凛冽。
孤独者神圣的战士，
捍卫你永恒的思想。

匍匐着前进，
生得艰难。
烈日下笑得灿烂，
火炬有光，
带我们去哪里？

一次次的跌倒，
是舒尔曼的钢琴曲回响，
命运的跌宕起伏。
于是，
用最高贵的头颅交出智慧。

夜的世界

有人深夜买醉，
有人偷偷想着心事。
有人读一首好诗，
有人沉浸于过去。
有人花前月下，
有人推杯换盏为换取银两。
可有谁知道，
万家灯火中，
哪一盏灯都不是你的。

人们传说你的故事，
但看不见你的悲伤。
人们揣摩你的风华，
但领略不了你的孤独。
你赢取了世界，
却输掉了自己。
在你抛却爱情的时候，
你已失去爱人的资格。
当你丢失了理想，
梦想已让你出境。
金钱的光环虚晃一枪，

成了你甩不掉的枷锁。

叹息吧，霓虹灯下的你，
只是一个徒有虚名的浪子。
呵，反思的奥秘在于，
从此，有盏灯一定属于你。

人生即圆梦

人生究竟还有，
多少的不舍，
映在琼宇楼阁。

古钟暮响，
抹不去的可是，
前世的记忆。

循着或明或暗的，
幽思苦寻你；
回头相望间，
却是已过三生。

弱水三千坠入红尘，
终不可负你今生。
磕头问佛合掌间，
含笑庙宇处，
苍穹间千驹过，
还你半生情。

生命的本质

生活被织补得密密层层，
关怀密不透风。

思想的种子被包裹储藏
——至深，伟大触动心弦。

我愿用蜡烛燃尽自己，
在激流中不曾退却。

在鹰击长空里，
思想碰撞中，欢喜而痛苦。

煎熬是我的灵！
冷漠是我的衣！
火热是我的心！

在无数个清晨与夜晚，
让自己从高空中坠落，
——跌入凡尘。

深思这人世间的秘密，

爱也罢，不爱也可！
用心筑成道道深墙何妨？

爱从容，恨又何必！
世间温柔是最美丽的歌谣，
人间真爱是最怡情的神曲。

六月的花开得分外妖娆，
它欠谁人一场幸福？

它娇艳地，
散着一场独开的光影；
宛若群芳，香菲旖旎。

走在生的世界，
体会世间的千疮百孔；
千娇百媚是诗意赋予！

多少人兀自留下一盘残局，
寂寞中，一地的黄花落英；
辜负了春光十里的明媚。

又何故？流彩的光影，
从来都是虚晃他人的炫耀。

唯有，爱人的眼睛；
闪烁永恒的春晖，

镌刻美好的模样。

谱一曲天长地久，
落入长河的记忆，
唱出世界最美的赞歌！

远方的你好吗

在望穿秋水的剪影里，
匆匆掠过你的流年，
让希望默然静寂。

风儿在轻轻地吹，
一夜的浮萍无声渲染，
日落后的恬梦一场。

是谁踏过哒哒马蹄，
追寻不愿逝去的青春，
来一场天长地久。

珍藏一颗相思的种子，
怀抱期许——
走向梦中的归宿。

岁月给予的

一片火海，
在烽火战场中尽情燃烧。
所有的景，
都是海市蜃楼留下的影。

拼搏——
永远在路上。
这人世间的料峭，
有谁懂得？

红尘中坠落，
来不及的怜惜。
是谁辜负了谁，
谁又在牵挂谁？

红尘中的来来往往，
终究是一场睡梦中的独醒。

来不及的春悟，
伴随一场花开的季节，
追忆片片秋叶的飘落，

拼命想用深情挽留迟暮。

谁也追不住时光的飞去，
那我只好——
在冬雪来临时的季节盼望，
这四季更替对人间的重演。

这棵大榆树

好大一棵老榆树，
长在爸爸妈妈的窗前。
根深叶茂昂首挺立，
昭示一棵树存在的意义。

好大一棵老榆树，
它的枝头无声触摸窗棂。
追忆家里往昔的欢笑，
留下四世同堂的美好。

不知它何时种在这里，
承担起岁月变幻悠悠历史。
妈妈说它是王震进疆时所种，
爸爸说它是七十年代栽种。

原来，这棵老榆树，
无声经历过太多的沧桑，
见证了一个城市的发展，
蕴藏着无数个美丽故事。

好大一棵老榆树，

它静静注视人间悲欢离合；
我认真地环抱它丈量年轮，
恒静中它应有自己的使命，
演绎属于自己的独特风情。

现 实

思想伏在暗夜，
偷窥黎明到来。
俯视黑夜传说，
仰望星空无际。

你说，你说，
我们仗剑行走天涯，
醒来，
却是一场梦。

人潮中

汹涌澎湃的是心境，
弹奏的乐曲接近真实。
音符是否悠扬动听，心灵知道。

理想从来都是高高在上，
匆匆奔走在精神的小路。
寂静的内心是孤独的，
十字架在心头萦绕不去。

现实的风声呼啦啦扑面而来，
走在俗世的路上既然无从逃避，
那么就勇敢地接受，
是你我唯一的选择。

生命远没有结束

当生活在日渐琐碎中失去光影，
当白发慢慢代替了你的黑发。

谁能给似水年华问一声安好，
在冰与火的重生中道句珍重。

踟蹰在人生短暂旅途回望，
原来最美的光影，
竟是过去起舞的日子。

选择一段记忆如珍珠，
只是当时惘然不知，
给你留存我一段美好的怀念。

以便你暮年时用心翻阅，
而我在彼岸微笑如故。

生命中的绽放

原来，
生命中的绽放是在，
你某一个清晨的无声醒来，
因为一句不经意的话，
带来一束柔和的天光，
唤醒了所有沉睡的记忆。

化茧为蝶的刹那光景，
抹杀了所有尘封的过往。
又是谁唤醒你的美丽，
埋葬过去模糊的面容。

曾经，
迎面而过的那支荷，
竟出落得摇曳多姿。

可不，
生命中的绽放，
从来都是这样悄无声息的到来。
在黑暗与阳光的交接中，
来得这样魂牵梦绕。

衰老的告白

人们说，
年轻貌美是骄傲的资本。
在江南的汽笛声中，
领略北方的寒冷，
温暖两岸的心境。
美丽的姑娘挥洒着青春，
英俊的小伙张扬着梦想。
踩着憧憬与诗意的云彩，
跨上未来的奕奕神马，
不会想到老之将至的模样。

当我们衰老的那一天，
模糊的意识，
昏花的双眼。
恋人曾经甜蜜的耳语，
羞红的双颊，
统统都想不起时，
心灵却有个角落可以安放。
天暖了，花开了，
天阴了，下雨了，
梧桐树下可曾有丝丝怀念！

我们都是人生旅途中的孤儿

春风徐徐，带来我们生的啼哭，
勃勃生机，阻挡不了对死亡的恐惧。
这广袤宇宙中，站着渺小的你我，
一颗砂砾，努力想长成一座大山。

夏花灿烂，青春奋发朝气蓬勃，
昂扬人生的斗志，吹响人生的号角。
在这滚滚红尘中，如蝼蚁般匆匆，
秋色满园，一路凯歌方觉疲惫。

生活大潮赶着我们的心流离失所，
三情藏心中，来不及好好品尝。
谁彻夜不眠，常恋功名利禄，
冬雷迅至，转眼间白发两鬓。

多少前尘往事，都坐摇椅笑谈间，
我们都是这人生旅途中的孤儿，
为了梦中的橄榄树，我们甘愿流浪，
为了诗与远方，我们选择无悔前行！

向墓碑里的我致敬

我走向了坟茔，
一个远离亲人的地方；
不，一个也有亲人的地方。
我曾经无数次想象过死亡后的样子，
也曾经恐惧死亡后的各种情形，
在生与死之间的场景中无数次徘徊。
静静地离开生的门，
走向死亡的世界，
一个黑暗或者白色的世界。
我如此平和，
无关人世间的任何纠葛。
爱我的和我爱的人又在哪里？
灵魂飘零的一瞬间，
他们的身影闪现在我的脑海。
而我想说什么都已不重要。
风静静地吹过来想对我耳语，
它们的世界对我来说并不陌生，
太阳照过我新立的坟茔，
留给我与人世间最后的联系。
如果说钢铁战士能够面对死亡时的坚强，
那一定是对生与死的一种超脱！

致玉梅

玉梅，你就这样走了。
翩翩飞鸿中，
你如一叶轻盈的羽叶飘走。

玉梅，我的好同学，
你的离去令我无从提防，
你带走了我对生的迟疑。

你的唇角带着安详，
是对这世间的了无牵挂？
还是摆脱了痛苦的折磨？

亲人的哀伤，朋友的悲情，
为何挽留不住你匆匆离去。

你要美丽地离去，
于是你拒绝了继续治疗。

在生的岁月里，
你一直走在美的光影里，
迈着轻盈的步伐。

人前的风轻云淡，
藏着你人后噬骨的疼痛。

玉梅啊！我怎么如此地愚钝，
为什么我会被俗事牵绊了双脚。
我恨不能飞到你的跟前，
再一次溢满友情的喜悦。

在生的世界中，
你之所以拒绝了治疗，
难道是你对死神的临近，
已做好了准备。

在这个夏日的早晨，
有鸟儿的翠鸣，
你却毫无声息地走了；
在我们的伤悲里，安然离世。

在晨光的静谧中，
上帝把你接走了，
玉梅，请你一路走好，
天堂一定会因你更美好！

致长年患白血病妻子的丈夫

你总是沉默不语，
你常常郁郁寡欢，
你的黑发过早地染上了白发。
纠结成了你思索命运的主题，
男人的责任感让你无法推脱。
对充满活力情爱的渴望，
日日瓦解着你坚强的意志。
夜是如此清冷、无奈与寂静，
明亮的眼正穿透黑暗的帷幕。
多想，爱人迈着青春的脚步款款走来，
用往日的女性柔情靠近你，
温暖你早已干渴的心与身。
妻子亲人般的相处责任重大，
道德的制高点时时在提醒你，
上帝他能够创造亚当和夏娃。
但他对你的哀伤却无能为力。
臆想在此刻丰富得一塌糊涂，
仿佛每每白日的光亮和炽热。
只是见证月光下的长夜漫漫，
什么时候起你不再安然入睡。

生命的骚动干扰你的睡意，
二十年日复一日思想的负荷，
能够压榨你所有沉睡的激情。
你的身是一道被隔开的玻璃，
人类的情爱会时时炙烤你。
身体的欲望时时折磨你的身，
世俗的责任日日笼罩你的心。
痛苦如鲜血浸染一片白日的花朵，
痛苦如墨汁染黑应有月光的夜晚。
你日渐憔悴的容颜苍老了你的心，
时光夺走了你蓬勃向上的青年。
时光流逝了你硕果累累的盛年，
孤寂的流年散落一地了无结果。

被世界遗忘

冬日的傍晚，醒来，不思想，
像一片苍凉的雪，
沉沉地埋在遥远的天山脚下，
无人记起。

此刻，我被世界遗忘着，
无关生死，无关情爱；
静谧的地球陪伴着我，
共同感知天地间的孤独。

窗外，灯火辉煌处，
依旧演绎红尘中的悲喜。
静，仿佛正穿透苍穹感知我的心声，
没有，一切都没有，
有的只是我活着的思想与气息。

此刻，想把身心轻轻搁在海岸边，
让呼啸的大浪猛烈冲刷，
让古怪的海风尽情吹拂。

留下胡杨的精神，

与日月共存。

也许，有一天，

人们会怀着好奇探寻我的足迹，

尽管这足迹歪歪扭扭一深一浅。

命运是一个谜

命运是一个谜，一个深深的谜，
悠然自得看待它所赋予的结果；
轻盈如羽毛般轻视生活的苦重，
悠悠是万年的叹息。

时代的前呼后拥吆喝得此起彼伏，
历史的呼啸而至如此的不可阻挡；
注定我们要拼命追逐命运的号角，
紧紧扼住命运的咽喉来与它宣战。

还有什么是不可以抛却的，
精神它早已在远处招手，
灵魂早已驻在身体里生根发芽，
命运的魔力正捆绑着我们的心。

身的自由在薰衣草地紫云般漫开，
美的光影是命运给予的短暂恩赐，
心神的皈依将换取永恒的美丽；
这应是命运给予最妥当的安排！

精神的回归

将喧嚣与纷杂摈弃，
开始胆怯人群，
回归书的世界与大师对话，
时间——被现实挤压。

思想如一,二十年未变，
从少年走向中年，
沉淀的是时间的义无反顾，
以及思想的瞬间火花。

朋友们远离，喧哗散去，
热烈的爱与优柔的恨亦不重要，
我就在原点一动不动，
清冷地寻找我精神的回归。

此刻的我，悠悠地察觉真我的存在；
长叹一口气，为何后知后觉?
不承想，没有这过往的历练，
又如何找回我久已失散的孪生姐妹。

可是啊，这诗人般的心怎生得如此纤细敏感，以至于我常常突兀感伤那世间平凡的草木物事；
想给我认识与不认识的，还有那亲人与友人，
留下我对这世间的深沉眷恋。

或许，这是有些自我的一厢情愿的想法……
面对我那已然不多的匆匆时光，
我依然还如蜗牛般慢慢地在键盘上爬行，
度过那一年一月一日一时一分一秒！

大自然的礼物

笔端处，刻下生命的痕迹，
举足间，透过白杨的婆娑，
留一个天长地久，
歌颂有爱的人间。

夜莺美妙宛啭的歌喉，
换来诗人无数的赞美；
丛林间的小路一条条，
通往爱的路途有艰险。

何曾问过你，
海鸥几声声，
海浪一朵朵，
云儿正飘荡过来。

含笑被风轻扬，
杏花儿被三月调笑；
柳絮鼓足它的勇气，
尝试着去改变季节。

我轻轻驾着马车，

顺着东风寻找这春的气息；
祈望邂逅四季的使者，
使我成为万物的先知。

大漠胡杨

南疆，我来了，
沿着你召唤的声音我来得如此仓促。
想象中，一个浩渺无人烟的地方，
今天被大漠胡杨震撼。

一首老歌听了很久很久，
原来是来过的歌者最真切的颂扬。

荣耀从来都是授予真正的卫士，
大漠与胡杨千年相伴至今无人能比；
我与它们相见恨晚，
驼铃声声正穿越天际昂扬清亮。

赤足走在洁净的沙漠，
邂逅那棵古老的胡杨，
仿佛我们隔了一个世纪的重逢，
泪水溢心，笑容满脸。

顾盼生姿中穿越春夏秋冬，
摇曳着四季优美动听的歌；
千年的精神留给后人膜拜，
胡杨成林自有傲人的风骨。

北固山上的清风

一声鸟语惊醒游人，
清风徐来，竹影摇动。
刹那间，红尘中的浮光掠影，
远远被抛却。

古城墙的厚重基石，
彰显当年的东吴帝国。
孙权的溜马涧欲试登高，
甘露寺相亲弄假成真。
孙刘结姻缘，甘露始流芳。

长江延绵不绝，焦山隔江相望，
三国的战旗沿途飘扬，
似有战鼓声声耳边震响。
孙刘比剑，玄机暗藏；
三国演义，人人奇赏。
这一刻，北固山的清风徐来。

还有多少可以重来的岁月

日子踮着脚尖来了又走了，
我数着日历一遍又一遍，
恍惚中看到我那，
远去的青葱岁月。

怀念着有梦的天空，
种下希望；
激情仍旧在燃烧，
可以延续的生命。

无数个斑驳，
夜光如水的静寂中；
挥之不去的是那，
再也回不去的岁月。

当我离开人世的时候

当我离开人世的时候，
飞鸟掠过波澜的海面；
天空飘起绵延的白云，
山谷传出空灵的回音。

当我离开人世的时候，
百花不是春来也争艳；
彩蝶飞舞亦为此相炫，
所有的场景主角是我。

当我离开人世的时候，
一切犹如匆匆的折页；
尚有还未开始做的梦，
随我离去烟消且云散。

当我离开人世的时候，
能够有谁记住我的名，
还能有谁记住我的眼，
记住我的微笑与哀伤，
记住我的天真与过失，
记起我的故事你的情！

云与人生

小时候，
躺在麦地上。
你看天边的那片云，
云在看你。
蓝蓝的天，
有风飘过。
它们聚了又散了，
散了又聚了。

长大后，
为了生活四处奔波。
想念麦地想念云，
它们变成了奢侈。
看云的日子，
只是儿时的回忆。
麦地哪儿去了，
此刻只有，
云彩在看我们。

孤寂何来寻

我如此狠心，选择了孤寂，
选择了前所未有的孤寂。
路过的雏菊它懂我的寂寞，
南湖池塘里的荷叶正摇曳生姿，
我懂她的风情。
可是，过去的青春如呼啸而去的火车，
呼啦啦我是回不去了。
没有珍惜好我的妙龄岁月，
只好用去日不多的光景来弥补。

期待有下一个奇迹出现，
我唱啊唱，想起了传说中的外婆桥。
浅浅地笑啊，谁的人生没有哀伤，
奈何桥下走着的终究是不舍的红颜。
清冷自是人间的原色，
独自起舞是自己的意愿，
旋转着如意与不如意的人生。
人群中可有谁与我同行，
知我今夜又将如何入梦，
知我如此狠心，选择了孤寂。

梦里的岁月

投一个天长地久，
在没有白日的黑夜。

多少次在梦里，
摇曳春的气息，
变动着年轮的身姿，
无法苏醒。

多少个灵魂出窍的投影，
只能蹑手蹑脚，
逃离白日——光的真实。

梦一个美妙结局，
直到它酣畅淋漓。

童年的马兰花，
正一丛丛开得热烈，
青春的大丽花，
浓烈似一团火。

中年来临的牡丹丰盛妖娆，

正遥望丽娘的琼阁玉亭，
演绎着千百年来的爱情传说。

暮年时的飞花走絮啊，
只盛满青苹果的甜涩。

梦里正一遍遍上演，
青草，河流，花朵，森林，向日葵；
还有麦田，小径，大道，彩蝶和人们。
唯独没有看到太阳离去的背影，
以及月亮升起的皎洁。

于是，梦里的那个我，
老是在迷雾中寻找方向，
在黑土地的真实中丢失了自己。

生活反思

历史的脚步，从未停息，
撕下每个人的面具，无处躲藏。
人们愿意选择善忘，痛苦少些，
一页日记藏不下太多心事，
浑浑噩噩也罢，日落日升就是一天。
天地伊始，记不住塑人的最初。
告诉上帝，伊甸园的种子，
遗落在人间太久，迷失方向。

地球母亲太沉重，即将发怒，
我们要做好准备，如何面对抛弃。
黄河的咆哮，火山的爆发，冰山的融化，
正在以千军万马般的速度向我们挺进。
人类啊，该如何挽救，
幸福的家园将由我们亲手毁灭。
上帝露出他庄严的面容，沉默不语，
他的无能为力昭示人类的灾难即将开始。
无处躲藏，将是人类对自己最后的惩罚，
人类只有现在开始自救才是唯一的办法。

如果岁月不曾馈赠

如果岁月不曾馈赠你，
无须惊恐，无须放弃。
铁犁能够深入土地三尺，
是为了来年更好的收成。

风的咆哮掠过滚滚云层，
是为了美好晴天的光临。
莫怕，待冬日的严寒料峭过去，
春日便会万物复苏，百花绽放。

不要说，谁谁是幸运儿，
不要怕，阴雨连绵的日子。
每一天都是上天给予的眷顾，
灿烂的心是生活给予最好的馈赠。

幸运之箭总是射中有准备的人，
来吧，鼓起勇气迎接时代的淬炼。
如果岁月不曾馈赠你，
扬启风帆继续下一段旅程，何妨！

劳作者

他们与天相争，与地相融，
他们的祖祖辈辈都是农民。
他们背井离乡来到这里，
不只是为了一碗饭。

孩子的学费，老人需赡养，
一切都是命运的安排。
他们和千万个农民一样，
在生的困顿中，
又是那样地顽强不屈。

一块砖的力量不是很重，
然而，一块石板足以压弯
他们日渐苍老的身躯。
其实，我们的民族，
从来都是由他们支撑。

我不知道，
他们的力量源泉何以强大，
我不知道，
他们何以默默劳作，

毫无怨言，奋发向上。

我只知道，
他们肩上负担着全家的重任，
他们代表国家的一份脊梁。
没有他们，
我们的社会便失去支撑的灵魂。
没有他们，
我们的城市就不会那么热气腾腾。

祝福他们！敬爱的农工们！
感谢你们！可爱的农工们！
是你们支撑起我们城市的建设，
是你们还原一个个干净美丽的城市！

教师节的祝福

当年，是您——
把一棵棵树苗种下，
如今，已长成参天大树。

我们在阳光沐浴下，
在您的鼓励默许中，
成为您希冀的样子。

孜孜不倦的身影，
批改作业，熬红的双眼，
是您多少个夜晚的不眠。
今天，我们无言以报，
中国已在世界面前崛起，
是您教会我们“骨气”二字。

父母哺育后的重生，
是园丁——您给予的塑造，
是楷模——您给予的引导！

每一年的今天，
都是我给自己放假的一天，

因为我想去看看您。

看一看岁月给您刻上的皱纹，
听一听您轻声问我现在怎么样，
还有您朗朗的笑声，
我便又回到那少年青葱岁月。

虽然我们相隔千山万水，
也要打个电话深情问候您，
——教师节快乐！

我在心里为您默默祈祷，
祝福您的每一天平安快乐，
祝愿您的每一天健康如意！

他们都老了

夏日的花挂在秋的枝叶上，
蝉鸣在炎热中此起彼伏。
朋友们的影子正如
电影画面般一一掠过。
他们都老了，
我也即将老去。

谁不忆那激情勃发的岁月，
谁不忆那爱情中的温存。
他们都老了，
我也即将老去。

儿时的欢乐仿佛还在昨日，
父母已是衰老或将离去。
孩子的身高早已超越我们，
他们也会渐渐老去。

那么，我又会在哪里？
既然，稻谷的清香，
挽留不了老去的速度。
我们终究要离去。

既然，白云和蓝天为我做被，
土地就是我的归宿，何惧！
他们都老了，
我也即将老去！

四季赞

春的舒展，望眼十里桃花；
麦浪波涌，流过大地飞歌。

夏的绽放，听闻彩蝶飞舞；
鸟鸣蛙叫，荷花满池田田。

秋的内敛，桂花暗香浮动；
瓜熟蒂落，硕果累累丰收。

冬的凝重，但看白雪皑皑；
银装素裹，赞我大好河山。

宿命的力量

宿命，
从不可知的方向靠近。

开始恐惧，几许慌乱，
跋涉生与死的空间。

它游离生命常规，
利剑出鞘，劈开混沌。

毫不怜惜生得艰难，
层层剥开莲子般秘密，
留下世间万千诸相。

月 下

左手白月光，右手月光白。
清影下起舞，感受月下意。

秋分迎送夏花，嗟叹天际无涯。
一杯月下独酌，唯有暗香浮动。

思想伏在暗夜，偷觑黎明到来。
谁又欠谁今生，不忍菊花散落。

天涯赤子心，横刀剑如梦。
叹满地絮语，惆怅南朝事。

看金山银山，我辈祈国安。
痴迷何不悟，红尘来复去。

淡定的中年

年轻的时候，
对这个世界的疑虑与惊慌，
此刻，
变成人到中年的淡定从容。

是世界改变了我们，
抑或是我们适应了社会？
心依旧炽热，
爱这个斑驳迷离的世界。

现在接受与不接受的生活轨迹，
就是当初义无反顾的选择。
心头还有什么牵挂，
不能放下且难以割舍？

微风过处杨柳摇曳着，
有一种淡定平和的美；
水波荡漾涟漪四起时，
是一种激越跌宕的美。

少女的青春旋律呵，

肩负着老妪的蹒跚；
少年的轻狂不羁呵，
蹉跎直到白发鹤颜。

回忆是一种念想，
穿越是一种奢望；
于是，少时幻想着老的样子，
于是，老了回忆起少时模样。

是否，能够有一种药名叫健忘，
此生，可以顺着岁月的年轮走过就好；
不去想，在来生路上是否喝了孟婆汤，
中年的淡定一定是明知今生已不多了呵！

一路走来或深或浅的脚印不会重来，
一路走来碰到的人与事全是前生缘；
只要现在清晨第一眼看见阳光就好，
准备好了吗，中年袭来时的淡定！

面对病痛

倒下的是躯体，
而不倒的是精神；
走过了多少次被病痛折磨的岁月，
单单忘掉了痛的情节。

生命的脆弱，
在那一刻降临；
思绪已不再清晰，
意志却撑着不能倒下。

生命之花，
此刻绽放得如此之美；
挣扎的欲望，
将它放大得如此清晰。

斗争中，
意志战胜病魔的吞噬。

左脑与右脑

行走于城市的钢筋水泥之间，
穿梭在生活的现实与理想之间；
左脑给了白日用于红尘物事，
右脑给了夜晚用于读书写诗。

十年的煎熬平衡历练这一刻，
经商与写诗的思维已成兄弟；
既然生活的模式已无法改变，
就坦然接受上帝的精心安排！

把左脑给了火热奔忙的生活，
把右脑给了寂然宁静的诗意；
因俗世中的你方唱罢我登场，
宁愿换取那星空璀璨月如钩。

世事的轮回输给了万年的胡杨，
人前的喧哗输给了孤独的反思；
湖边的垂柳不仰望钻天的白杨，
冬日的凌厉阻挡不了春的脚步。

于是，经过了多少个不眠之夜，

我终于明白我的存在是合理的；
我的左脑支撑着我的肉体存在，
我的右脑配合着我的精神升华。

我的右脑常常拷打着我的左脑，
就像钢琴手不停地敲打着键盘；
让美妙的乐曲不被耽搁冲出黑的夜，
配合夜莺的宛啭接续布谷鸟的清亮。

每当我的左脑需要休息时，
我的右脑就开始翩翩起舞；
舞步时而轻盈时而沉重，
它却始终是妩媚飘忽的精灵，
飘向你开始沉静安宁的心灵！

酒与人生

有酒的世界，人生变得不太沉重；
有酒的世界，看人的目光不再锐利；
有酒的世界，多了些美好的情愫；
有酒的世界，陌生人之间拉近了距离。

谁说，酒不是好东西，
琼浆玉液这词从古至今都有；
对酒当歌，佳句好诗，
人的意境升华离不开美酒的助兴。

醉眼看世界，
多了些流水的包容，
凌厉的剑锋被偷偷藏起。
醉酒的酡红，多言的话语，
成了交流的武器，不再有障碍。

推杯换盏中，
新朋故友间，
酒的微醺下，
全是盛情。
方明白，世间几多人儿，

独爱这似醉非醉的感觉，
仿佛你我此刻才是自己的王。

生命中所有的苦重，
都抵不过这一醉方休的豪气；
罢，罢，罢，你我再来一杯！
不醉不休！

冬日夜晚的老妪

今夜——晚归，
我又一次看见了那个老妪。
此刻夜沉，
只剩下我和她两人的街道。
她仍旧在，
拉着一个装垃圾箱的扶车，
蹒跚着走在这个白日繁华，
夜晚无比冷清的北门街道。
她的脸上没有喜悦，没有悲伤，
平缓如同幼时我家田埂里的渠水。

她从哪里来，要到哪里去，
她的少女时代是否有爱情，
她的老伴是否还健在，
她的孩子此刻在哪里？
时空交错，前几天在同样时刻，
我扶起冬日摔倒在地的她，
她很客气地对我重复道谢，
那种谦卑感恩的神情令我肠热泪盈。
今夜，冬日的清晖依旧冷冽，
银色的月光下，
只有我与这个老妪相逢而过。

对孤独的回答

请你，静静地，静下来，
品尝你的孤独。
一个人，从生的绽放走到死亡，
三万天，并不长。

对父母的殷切挂念，
对爱人的忠贞笃情；
对孩子的几多期盼，
对朋友的鼎力相助；
对事业的鹰般拼搏，
你有着无限的勇气。

孤独突然会在猝不及防的时候袭击，
孤独会在脑海中认认真真地出现。
面对孤独的心灵，你曾恐惧；
面对孤独的时刻，你应窃喜。

在每个日升月落的日子，
在每个阳光明媚的春日。
在每个阴雨霏霏的夜晚，
在每个大雪纷飞的冬季。

你那孤独的心曲总是在与日月同感怀，
明月的倩影总会映照出你冷冽的思绪。
落叶的知秋不时伴随你略缓的脚步，
孤独的心境不曾因为人群的聚集和喧哗而消散。

总之，这孤独的心哟，
它总是始料未及直接击中你日渐强大的心灵。

此刻，前无古人后无来者，
只有你自己的心与天地相融。
你的心这才愉悦起来，
不再受任何时间与空间的羁绊。

就这样，孤独实实在在击中了你，
不分少年，青年，中年和暮年时分。
其实孤独，在你一生中的每一天都会来光临，
不去想上帝为何创造了亚当与夏娃的伊甸园，
不去想曹雪芹是在怎样的情形下写出《红楼梦》。

不再怀念曾有的意气风发，风光无限。
鹰击长空，风行万里也只是过眼烟云，
爱恨情仇，滚滚红尘不过是俗世的纠结。

雄关铁道，千古风流人物终究是历史的进程，
此时，你就是这世上独一无二的自己。

你和虫声、鸟鸣、森林、大海的咆哮一样，
是留给这广袤的世界一份独一无二的礼物。
你就是你，做一个填补生命意义的探索者，
这——就是你对孤独的最好回答！

寻找前世之旅

寻找，在执着中徘徊，
庭树下，看大雁成行，
凝视远方，相思成疾。

寻找前世之旅该是怎样的一种勇气，
千山万水，冬雪酷暑，
遥远是一种最近的牵挂。

银汉昭昭，楚地秋月，
寻找是一种今生的念想。

选　择

我日复一日，
选择生的权利。

有时，想放弃生，
似乎，很容易；
似乎，又很难。

选择生很难，
选择死更难，
于是，选择匍匐前行。

观大学同学聚会有感

那时候，我们以为未来的日子有很长，
青春的岁月足够去挥霍。
布谷鸟的清亮，夜莺的婉转，
是年轻的我们最渴望拥有的。
我们不知不觉从少年走向了中年，
来不及品味青春的滋味，
中年的深沉被锁在我们的面容，
纯真清澈的眼神此刻多了些沧桑和浑浊。
杨柳垂下她优美的身姿，
而我们的腰肢不再柔美。

从青春的懵懂走到如今的中年，
从清脆的笑声到如今的笑貌难再。
有多少夜晚无法安眠，
辗转流年的红尘琐事；
解语花人人羡慕，
可谁能了解它背后的祈望。
岁月赋予的生命啊，
我们终究要给一个完美的答案。
来吧，去努力实现，
你我都曾有过的梦想。

花　语

窗台上的那盆含羞草，
我出远门离开它一个月，
没有我的浇灌它已枯萎。

在我看到它的那一眼起，
我知道它还活着，
只要浇水它就可以活。

浇水后第二天它真的活了，
枯黄中透着青绿葱郁，
原来我们有个心灵对话。

几天后它开始摇曳风姿，
青翠欲滴怒放生命，
旺盛着她的绿色。

它在等待着我的惊叹，
难道花的语言我能懂，
我的心事它也可以猜到。

假如生活出现苦难

当生活不遗余力袭击着你，
它妄想摧垮你的心志，
折磨你日渐衰老的躯体，
你怎能向它的邪恶低头。

你还有许多的事没有完成，
没有去世界的每一个角落看看，
没有去探索大自然赋予的种种神奇，
大地上还没有留下你足够多的脚印。

你不能妥协，绝不，
你的孩子还没有长大自立。
你的父母已经年迈，
你的亲人和朋友们你还牵挂。

攀援着对生活的信心，
一如既往地如白杨般生长。
你的理想还未实现，
怎能被苦难轻易打倒。

你不能妥协，绝不，

这是母亲教导的；
当生活中出现磨难时，
那是对你最好的人生历练。

感谢生活吧！
它教你体会人世的百般滋味；
大多时候，你将一人独行，
唯有心灵与万物可以相通。

放眼望去，苍穹无极，
心会说话，心会传声；
回声留给一个最真实的自我，
磨难是最好的老师和利器。

不要怕磨难会打倒你，
不要自己把自己打倒；
留一方天地，让磨难成就你，
请让我们携手走向辉煌的明天！

内心的柔软

内心的柔软如绸缎般，
一旦触动，
便是整个灵魂的颤动。

所以我，
只能在偶尔的歇息才能接近她，
如仰望上帝般渴望得到她的爱抚。

我先前焦躁的心便不再浮躁，
悠悠地，
是谁在不知名的地方叹息。

平息着，
世界万花筒般的五光十色，
只留下酸甜苦辣中的悲喜底色。

终究是，
伊甸园中亚当与夏娃的故事，
击中你我心中最柔软的地方。

秋

等待的秋，到底还是来了，
不经意中乘着金风来了，
卷着并不肃杀的气流，
吹着夏末的最后一丝凉爽来了。

我端坐在树影婆娑的窗前，
对着铜镜，梳起我略带自然的发卷，
端详着，一个还算娇艳的面容，
眉眼中还留有年少时的那抹纯真。

秋叶摇曳间的阳光映出，
抹在唇上的那一点暗红，
与秋的来临相得益彰，
幽幽闪烁着秋伤的不得已。

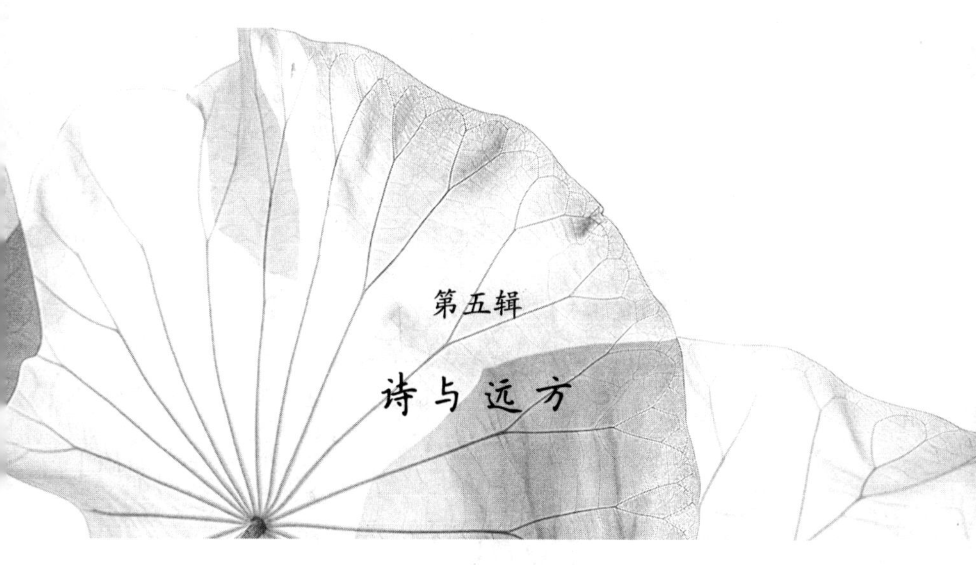

第五辑

诗与远方

我的诗，
是清风，
穿过岁月的长壁，
飘入你柔软的心底。

——选自《我的诗》

我撑着红色油纸伞，
悠悠地走在雨夜里，
此刻，我就是一个江南姑娘。

——选自《雨夜下的木渎古镇》

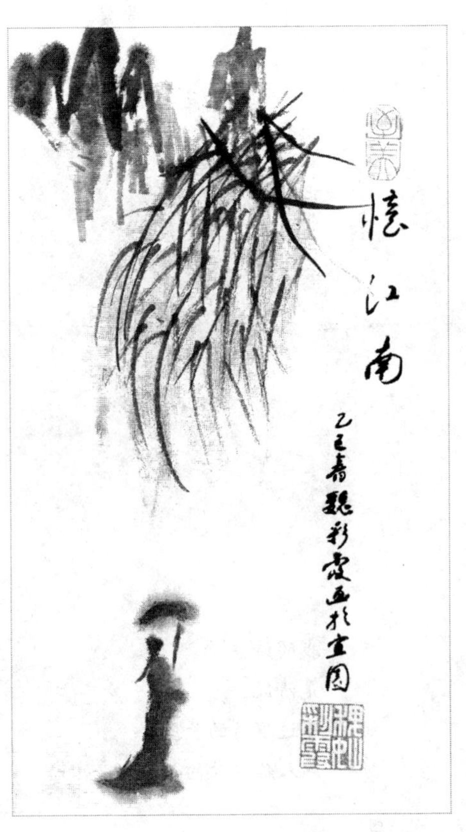

《忆江南》魏彩霞 画

诗人的心

他们说，
诗人的心是玻璃做的。
我说，如是，
如同那七窍玲珑心。

广袤无垠天地中，
诗人的心是一颗种子。
它和土壤与水无关，
潜伏思想在无意识的河流。

它自带筛选功能，
永远保持一颗向上的童心。
诗人的心是生活晴雨表，
它关注世间百态万物生长。

诗人将诗句千锤百炼后，
毫不犹豫射向灵魂制高点。
绝不吝啬语言输出，
利剑出鞘。

美好是诗人的眼睛，

春华秋实是诗人的放歌。
夏夜鸣虫让诗人陶醉，
冬月朗朗助兴小酌一杯。

它把四季渲染浓淡有致，
吟江南水乡诵大漠孤烟。
它让世界点起五彩缤纷，
描蝴蝶翩飞写白雪起舞。

诗人用玻璃心体会世间，
世人用余生体会诗意的心。
可愿洒脱飘逸，芳菲情怀，
唱一曲——红尘天长地久。

我的诗

我的诗，
是清风，穿过岁月的长壁，
飘入你柔软的心底。

我的诗，
是流水，越过高山和原野，
注入你干渴的心田。

我的诗，
是暖石，枕着有梦的你，
悄掠过尘世的浮嚣。

我的诗，
择一片净土，熠熠闪光，
使你的心澄净无比。

在人世的料峭中，
多一丝美丽情愫，
可以怀念！

诗歌的意义

当诗歌成为我们生活的一部分，
我们需要精心来打磨。
春风聆听细雨，
白雪端详大地。
若用诗意陪伴生活，
傲然的是一颗金子般的心。
你会不再被现实扼杀梦想，
可紧紧把握住命运的咽喉。
哪怕雷电交加，
哪怕风雨肆虐。

当诗歌成为我们生活的一部分，
有诗歌在你我身旁咏吟。
生活的苦闷千重，
现实的利刃万柄，
是菊花台前的冷香，
是风雨后的一抹彩虹。

追梦的人依然，
向往垂柳下的绿波，
还有映在河畔上的夕阳。

少年需要它，
涨满理想的风帆。
新娘需要它，
增加爱情的砝码。
老妪需要它，
留下更加美好的过往。

请您留下吧，诗歌，
请你成为我们生活中的一部分。
成就你我他诗意盎然的人生，
在荒漠无际的路上寻一眼清泉。

囚　徒

或许，我无声地醒来，
只为记下一行诗句的闪现，
我把自己囚在诗歌的城堡，
沉沦不愿走出。

我自愿选择了孤独的生活，
在寂寞的长夜让诗海泛滥，
让文字跳舞传递诗歌的秘密，
芳香肆意蔓延。

我反复睡下又起来，
诗句精灵闪烁不已，
走进思想深处剥茧抽丝，
呈现如花似锦。

有一道光照耀指引我，
打磨文字赋予生活的意义。
直至，黎明爬上窗棂，
方可安然睡去。

祖国颂

小鸟歌颂森林，
彩蝶歌颂百花，
万物歌颂大地，
我歌颂你，我的祖国。

春风吹拂大地，
秋迎来了硕果累累，
党的二十大序幕正徐徐拉开，
我为您歌唱，我的祖国。

令世界瞩目，
令亿人欢呼的喜讯频频传来，
此刻，我热泪盈眶，
我——怎能不为您歌唱。

我的祖国，您肩负重任，
终于站在了世界舞台的中央，
所有艰难困苦的日子都是历史长河的见证，
我的祖国，您是我们的骄傲！

您不忘初心，牢记使命，

给了人民安宁祥和的生活，
您铁肩道义，排除万难，
缔造了一个又一个神奇的动人故事。

我——伟大的祖国，
您为人民谋幸福，谋复兴，
您用伟岸的胸膛为人民遮风挡雨，不计代价，
哦，我的祖国！我无比自豪！
请让我再次把您来深深歌唱！

诗人的头颅

诗人比其他人，
更容易接受死亡的华美。

选择生的同时，
便是淡忘了死亡，
亦是对死亡的释怀。

生命与永恒，
激情与短暂。
水与火的交融，
让我们看到世界本来的面目。

人生底色匆匆过，
落尽繁华后的平静最美丽。

你是那朵莲

这颗莲子，
正放在我的手心。
剥开莲子，一颗莲心刺入眼帘，
仿佛诉说来到人间的过往烟云。

莲心是苦的，
我突然泪流满面。
我看到，一枝莲花来到我的面前，
被夏日的风摇曳起风情万种。
它把纯洁和美丽带给世界，
让人们观赏，为它们骄傲。

我看到——
一盘莲藕正在餐桌上，供人们享用。
我看到，一朵莲蓬立在我的眼前，
秋日使它果实累累。

这颗莲子放在我的手心，
莲心是苦的。
为何？
它奉献了整个一生，
却独独留下自己的一颗苦心！

瘦西湖的长堤

摇曳的柳枝，
已是漫天的黄。
涟漪的湖水，泛着绿波，
牵引着游人的脚步。

沿着乾隆御码头，
穿越历史，信步四公里。

两岸盖不住的青，柳叶的黄，
莫不是因为留不住行人的脚步，
落下恼人和伤心。

还是承受不住情人的眼泪，
多了伤感与留恋。

从今天起

从今天起，做一个有梦想的人，
左手拿剑，右手执箫，
挥一番洒脱，唱一回和音。

左手是事业，右手是理想，
它们手牵手，等待春暖花开。
播下希望的种子，如约秋高气爽，
收获丰硕的果实。

站在高山的峰顶上，
我要大声告诉所有人，
这世界我来过！
来这世上的真正理由，
只为活出一个真实精彩的我，
只为每天过自己想要的生活。

真心地祝福身边的每一位亲人，
朋友以及陌生人，
希望在有生之年，
我的祝福始终伴随着，
你们——幸福快乐！

有一种方向

有一种方向叫作执着，
它将寻找事业的巅峰；
既已选择，义无反顾，
有方向的道路尽芬芳。

当我以爱的姿势奔向你，
坚强它纷纷烙印在心海；
匍匐着还要坚持和等待，
黎明的曙光抛弃了黑暗。

当无助曾经袭击过你的内心，
当苦难曾经历练过你的意志；
赞你终究挺住了笔直的脊梁，
只换取那一世的诚笃和意义。

天空的白鹭飞过排排成行，
可曾也在寻找有家的方向；
尘世太空间一切有如是法，
如雷如电光汇集人生苦难。

我的世界

窗外的喧嚣远去，
夜幕的一天开始，
拉下日月交接的暗号。

过去、现在、未来，
统统都抛到九霄云外，
只剩略感疲惫的身躯，
留下黑暗中熠熠的双眸，
观看这世间的纷繁百态，
记录这世上的传奇故事。

乌鲁木齐的景此刻烙在心头，
这片养育了我的新疆土地呵！
她的美不是我用语言所能描绘，
我只能用文字记下来，
满足我这颗热情澎湃的心。

好在深夜的梦里有安宁祥和，
为了迎接那灿烂的明日阳光，
把拥有爱的力量奉献给家乡，
双手把贫穷驱逐将幸福牵引。

高唱一曲边疆人民好生活吧！
我们终将跟随家乡一起成长，
演绎一段轰轰烈烈的都市情。

灵魂的归宿

我们的灵魂总是隐藏在各种外壳下，
华丽的、傲慢的、谦恭的、卑微的。

有的时候，灵魂会跳出来闪现；
面对现实，又龟缩回肉体中。

有的时候，终其一生灵魂在麻木；
有的时候，灵魂在角落偷偷哭泣。

痛苦最多的时候也是灵魂最清醒的时候，
灵魂的救赎和年龄的长短并无关系。

读懂内心有时需要一生的时间，
有时，一生也无法读懂他人和自己。

有时，我们又会被一棵小草一朵小花感动；
有时，我们仍会感受到生命的短暂与无常。

终究，我们的灵魂必须要有一个归宿，
以便在这一次的生命结束时可以化蝶而飞。

季 节

夏日的风走出了炎热，
秋分迫不及待追了出来。

街道的树叶顾不上矜持地落了，
落叶的黄把行人的心染上了焦躁，
与街道上拥堵的车流搭成了伴儿。

忙碌的，休闲的，欢笑的，落寞的人们，
纷纷在这夕阳投射中隐透着每一天的过往。
我仿佛看见了千千万万个自己，
在这匆匆有限的人世间体验百味。

思想穿越到远古时代的现场，
我们终究是前进还是后退了，
物欲的追逐，道德的沦丧，文化的陨落，
形形色色的信息充斥着我们的个人空间。
健康的不健康的种种，
难道终将伴随着我们的子子孙孙？

或许有人会说这是我的杞人忧天吧，
但我会依然怀抱着对理想的期许，
走向我跌宕起伏的命运！

当我的文字变成铅字时

当我的文字变成铅字时，
触摸到心跳。

在一望无际的苍茫中，
在纷繁庞杂的斑驳里。
渺小的我如同砂砾，
一不小心便沉入大海。

是玫瑰就会带刺，
辉煌的背后一定是最大的寂寞。

最深沉的付出一定是最痛苦的抉择，
怎样的人生才配歌唱？

没有定义，随心走；
定不负年华！

梵高的心声

夕阳下的一片芳草地，
梵高举起了他的左轮手枪，
向着故乡的方向。

河水在平缓地流淌，
它，
感受不到他此刻的心怀。

向日葵依旧灿烂，
在他的画板上，
生命以另一种方式绽放。

六月的骄阳，
挽回不了画家的哀伤。
他的心盛满泪水，
连大江也无法释怀。
眼里的忧郁映在六月的麦浪，
蛊惑着画家回家的渴望，
让他的脚步坚定不移走向极乐世界。

童年的笑声，少年的憧憬；

爱情的欢畅，失意的痛苦。
思想被生活的血盆大口吞噬，
画布的绚烂被变化涂抹。

画家呵，左脑与右脑激烈搏斗，
他如何承受现实与理想的撕裂。
平衡如同一个高难度的跷跷板，
对此，画家生无可恋，
死亡之神的狰狞此刻被祥和替代。

度过多少个不眠的夜晚，
梵高终于要走了。
一个伟大的心灵告别了生的世界，
走向一个属于他的天堂。

你走吧，走得干干脆脆；
你走吧，走得决然超尘。
不带一丝留恋，
只留下世人的百般揣度。

走在深圳的街上

走在深圳的大街，
有着美丽的遐想，
仿佛她是我前世的情人。
为了她我走过千山万水，
只为与她今日的相会。

当寂静荒芜成为繁华喧闹，
窄小的街道变成宽阔大道，
矮小的村舍蜕变为摩天大楼。

呵！城市的规划师，
如此鬼斧神工。
它将开拓者的，
梦想与足迹留下。
让观音山见证，
这杰出的缔造，
从此历史奠定了，
你的第一个特区地位。

我这北方的客人哟，
来到你这南方的城，

感叹你日新月异的变化。
观音山下我踏阶膜拜，
只为敬仰你！
你用郁郁葱葱环绕，
绿的城像深情的母亲；
怀抱着待哺的孩子。
你迎接着四面八方，
来探视你的人们。

瞧，你爱的胸襟，
就是这样的开放博大。
看，干净笔直的街道，
是最好的形象牌；
浮躁与喧嚣，
从来就不是你的主题曲。

你即使年轻，
却又不再年轻的面容，
让我怅然又欣然。
远远望着你在靓丽中，
又多了几分娴静安然。

我爱极了你这水乡边，
静默伫立的南方女子，
我的心几度为你加速跳跃。
祝福你深圳——我要走了，
我会将你的面容和身影用记忆带走！

最美人间四月天
——忆林徽因

徽因啊，你可知道，
我把我的曼妙时光，
定格在了夜晚，
与古人灵魂对话，
与你们心与心交流。

通过字里行间的阅读，
感受在苦楚的生活中，
可以体会生命所给予的，
精神贵族般的甘甜与美好。

我终究不过是一个普通女子，
但来自灵魂的深处，
仿佛我与你们这些诗情女子，
有着如此相通的情怀。

与你们书中的对话，
是可以痴人说梦的，
我爱极了阅读你们的文字，
也爱极了你们这些诗情女子。

书香中你们翩跹走来，
用精神的丰盈留下美名，
是你们给这沧桑困苦的世界，
多了一份美好的念想与柔情。

读徐志摩《潇洒的人生》有感

我不知道，
你的才华横溢背后隐藏着多少的哀伤？
我不知道，
后人对你的写意有多少是你真实的想法？
我不知道，
在你的爱情世界里，你更爱谁多一些？
我不知道，
是优雅从容的林徽因还是敢爱敢恨的陆小曼？
我只知道，
你留给世界是短暂而激情的别样人生。
我单知道，
你的离去如星逝，惨淡了当时的诗坛。
我独知道，
你留给了世间后人无尽的遗憾和揣测。
我也知道，
你住进了爱你的女子和你爱的女子心底。
我还知道，
你的传奇故事不断会有更多的后人谱写。
我更知道，
你的诗歌散文仍旧会有爱你的读者拜读。
我只想啊，拥有与你一样的诗意才华！

民国女子命运的感怀

美丽女子的独有寂寞，
装点民国生活调色板；
一只飞鸟掠过，
见证时间的魔力。

一朵云彩的绮丽，
映照大海的浪花；
我们谁也躲不过去，
流年的碎影巧笑。

留在书本墨香处，
把弄起香鬟绒花；
时代赋予的纷繁命运，
烘托出浓重的画卷。

爱情是她们的一叶小舟，
自由赋予她们爱的专利。
桨橹摇起心中爱的涟漪，
波心荡漾着遥远的歌声。
伴随几许讴歌，一声叹息，
仍旧寄托后人的遐思无限。

再读余秋雨《文化苦旅》有感

悲苍的历史从来都是——
由这样的一群人组成。
他们用文化搭建起历史的桥梁，
用人文撼动人们的心灵。
因为他们，
历史不再迷茫无措，
人们不再麻木不仁，
可以获取强大的内心力量，
足以超越任何事物。
当我读到这本书时，
内心的敬佩感油然而生。
这是一种对自己民族的深沉解读，
一身浩然正气，
是我所能想到最重要的字句。
这就是民族的脊梁，
一个时代的崛起，
从来都是由一群有脊梁的人合力扛起。
一个人的名字，是时代的一种符号；
文化的考究，代表这个时代的进步。
时代需要敢于说真话的学者，
我由衷地要向时代的发言人致敬！

初 雪

2013 年的初雪，姗姗来迟，
寻找它用以栖身的土地，
一溜烟的工夫，
白茫茫的天地间不分你我。

它走得不疾不徐，
无声无息，不留余地地漫天飞舞，
臆想中南方的烟花三月该是怎样？

似那万物混沌之初，
盘古开天地之时，
纯净的你在刹那间掩盖整个尘世的污浊。

人群中欢笑的，沉静的，肃穆的面容，
正被毫无防备地笼罩上这恩赐的圣洁。
初雪，就这样姗姗来迟，
不需要与谁打招呼，
便给了你我初冬的最好礼物！

诗与远方

奔赴千古的理想之梦，
诗与远方在无声召唤；
面朝大海，春暖花开，
在有诗意的地方栖居。

生活被都市的喧嚣挤压，
心——千疮百孔，不忍卒读；
就让诗歌的种子，
在心灵的角落蓬勃生长。

踏遍千山万水，
并不代表懂得诗与远方；
那是世人精神的皈依，
净土是歌声响起时的神往。

诗人不愿低下高傲的头颅，
向俗世的黑暗与邪恶低头；
只愿歌唱世间美好的事物，
恰如一只荆棘鸟。

如若懂得生活的本质，

依然热爱生活，
拥抱生活，
注定可以拥有豁达的人生。

椰子树下，
盛放着最美好的温暖，
走在诗与远方的指引路上，
摘一朵最美的牡丹送给你。

我和千岛湖有个约会

我来，热烈地来，
你等，静默地等，
犹如美丽动人的姑娘，
含羞中透着期许。

在飘雪的那一天，
我看到你用洁白，
装扮群峰与湖面，
超然中不失温情。

你烟波浩渺，
美得令人窒息。
我如约奔赴前往，
你微笑含蓄婉约。

看漫天飞舞的雪花落入湖面，
它的涟漪莫不是你的心痕？
我无言，你无语，
可我知道我们心意相通。

我是来探望你的北方女子，

我想我能够懂得你的情怀；
明天我要走了，哪怕不舍，
我会在你的阳光明媚中离去。

茶花与蜡梅此刻开得娇艳，
千年古樟正含笑迎宾，
唱一首感怀的歌，
留下我们再次相聚的约定。

你是千岛湖，
一个响亮的名字，
你是淳安的骄傲，
也是世人的骄傲！

你是谁家的女孩

谁家的女孩，
走在秋叶金黄里。
活泼十月时节的街道，
洒下一道城市美景。
她把自己调和成时尚的种子，
靓丽秋的内敛肃穆。
在静静的回眸中，
跳跃出时代的潮流。

金秋的叶铺满一地，
演绎起万种风情。
她的流苏摇曳生姿，
在秋日下灿烂生辉。

一袭白色裙袢洋溢神秘，
让人向往她要去往哪里。
她沉浸于心事，
悠悠地行走在落叶中。

让暮秋洒下的阳光照耀，
——无顾其他。

熙熙人群车水马龙的来往，
只是给她的一种点缀。

在这个深秋的街道，
她又是谁家的女孩。

在路上

行驶在北京的高速路上，
想起你我一起面对的种种生活洗礼。
岁月不曾薄待，
你我努力前进的步伐。

仰望天空，太阳穿破乌云，
金色流岚列队般等待阅兵。
八月的初秋嗅出一丝云淡风轻，
等待你我的马蹄经过。

苍穹之下，放飞心灵，
倾情原来是天地给予的厚赠。

天际的那一头，
一丝蔚蓝旋裹白云游弋。
化作童年的悠然时光，
盛放我最美好的祈望。

画的境界

心灵的祥和是自己所能给予，
只有宁静方可升华艺术的境界。

一串串葡萄饱满地挂在枝藤，
两只小鸟立在枝头甜蜜私语。

树叶如同一片片飞絮的云彩，
枯藤似飞龙穿越所有的点面。

雍容的牡丹吐露芬芳的花蕊，
引来蜜蜂万里迢迢只为采蜜。

坐在艺术的殿堂我如同鱼儿，
这一定是我想要的人生坐标。

即便路上有挫折和泥泞相伴，
做自己精神的主宰方为幸福。

当我要离开人世的那一刻，
可以无愧于自己选择的执着。

雨夜下的木渎古镇

我撑着红色油纸伞，
悠悠地走在你的雨夜。

街上，闪烁的橘黄灯光，
昭示你开放的怀抱，
迎接天南地北遥远的客人。

古巷内，静谧而久远，
古朴地回到千年往事。
青石板上，
只有清脆的足音叩响。

我走过了千山万水，
原来只为和你今日相遇。
雨绵绵如柳丝，
我竟然如此惊喜，
这是你给我最好的礼物。

我撑着红色油纸伞，
悠悠走在你的雨夜。
沉默着，内心与你对话，

如一个久别重逢的老友。
感悟自你存在以来所有的故事，
每个故事里藏着多少悲欢离合。

那株桃花开得正艳，
那条小河呀波光粼粼。
每座拱桥雅致且经典，
粉墙黛瓦演绎着江南婉约。

人文皆古韵，每处都是景，
我呼吸着雨夜的空气。
夜如此美好，
空气中弥漫着淡淡的芳香，
那是攀缘在墙壁上的蔷薇花所散放。

我撑着红色油纸伞，
悠然地走在雨夜里，
此刻，我就是一个江南姑娘。

离开上海

原来，
生命的绽放是和这群峰一样，
静静地默立傲然，
恣意地渲染青春。

青山绿水相看，
在懂得她的我的眼里，
有了最好的诠释。
从此，
我有了另外一个热爱生命的理由。

青山不语告诉我她的寂寞，
绿水含笑与我轻声话别离，
柳枝摇曳微风处脉脉挽留，
别问，我只是一个探望她的北方女子。

盈盈依水难是相问，
我懂得她的暗香浮动。
与她相邻的红色小木屋，
寄托着她俗世灵魂的安放。

我仍是要告别她的，
眼里虽有不舍，
且将她的美刻进心里，
于是——我与她将彼此装进了永恒。

回 归

一棵钻天杨，
穿过情感的迷雾，
方能看到——
阳光下的灿烂。
云彩中的明朗，
春分处的妩媚，
在云卷云舒中泰然处之，
面对风雨飘摇的现实辨析。
梦仍旧会做，
心依然纯净，
诗还是照写，
我还是那个我。
倚梦最易香惹蝶，
情寄楼阁卷轴描。
清风明月最相惜，
如何让人惹尘埃。
人生一叹琴瑟难调，
琴棋书画诗酒花茶，
高阁渺渺谁懂合音，
子期伯牙终是相离。

记马振老师文化园有感

这是一个艺术的世界，
在一幅幅油画的世界里，
我看到万马奔腾的光跃，
苍穹万物间的大爱情怀。
这千年胡杨的枝根遒劲，
对话着万年的盘古开天；
长河落日点燃了大山的柔情，
鹰的搏击长空照亮整个荒野；
人类与万物有了共同的心声，
这是艺术给予我们最好的馈赠啊！

院内仰天大笑的千岁老翁，
是对生命的无限敬仰；
少女雕塑的别样舒展，
是对挫折的顽强不屈；
太白醉亭有抚坛入梦，
可否与庄公梦蝶一遇。
放眼鱼美人的娇慵酣睡，
难道是得了王子的宠爱有加；
一句赞叹成就今日的桃花镇美名，
兵团文化第一村从这里开始诞生！

清 幽

微笑拂在脸，
忧伤藏于心。
伊人在远方，
吾在这等待。

树叶沙沙响，
月儿偷偷笑。
少年不更事，
蝉鸣搅清梦。

我本木兰身，
天赐太白心。
可叹鸿鹄志，
换取日蹉跎。

齐鲁文化情

——贺新疆齐鲁文化研究会成立

看哪，齐鲁的大地上，
开着无限奇葩的花儿；
如今，这朵花又开在，
西域广袤壮美的大地。
踏着历史车轮的脚步，
它刚健有力地走来了；
带着悠远、古雅、深邃，
和西域文化进行融合。

礼、智、仁、义、信五大瑰宝，
它在历史的长河中熠熠闪光；
孔孟之道似火炬般引领，
人们的思想和前进的步伐。
鲁国《春秋》《中庸》《论语》，
它们博大精深，源远流长；
给予中国大地文化最好的开启，
是中华优秀传统文化的精髓。
放眼望去，经过群星璀璨的先秦，
驶过金戈铁马的两汉；
迈过繁华如梦的唐宋，
感悟风云多变的明清；

一路慷慨悲歌走到今天。

齐鲁的思想风席卷过齐鲁的大地，
中原的先驱者们曾也紧紧跟随；
黄河的水咆哮着奔腾不息，
长江的浪飞溅着直流而下。
齐鲁的泰山一如长虹贯日，
后人们只想纷纷跪地膜拜；
这里有着怎样的先哲圣贤，
让天下众生无憾追寻他们的脚步。

哦，历史从来不会忘记！
八千鲁女进天山的豪情，
奉献演绎着戈壁母亲爱的主题情怀。
千年胡杨一次次成为歌颂新疆的主题曲，
神秘的楼兰有着姑娘含羞的面纱啊，
牵引着多少的人们流连忘返，忘返。
塞外江南的伊犁叫古丽的女孩最多，
喀纳斯河还在流淌着纯净甘甜的水；
瓜果遍地，牛羊成群，连绵的山脉，
无垠的沙漠，达坂城的风车与歌儿。
在这里山山水水之间的豪迈大气，
又岂能用人们的言语来尽情描述；
自西汉以来的多民族的聚集，
让西域古丝路文化多了些神秘。
每一处都是宝藏都是丰富的资源，
它成为中国的焦点让世界也感慨，

啊，新疆的人们又怎能不热爱它？

今天，新疆的上空开始腾飞起齐鲁文化的身影！
今天，新疆齐鲁文化促进会的旗帜树立起来了！
今天，齐鲁文化与西域丝路文化能够双双起舞！
今天，多少的有识之士为它投放了炽热的情怀！
今天，将用五千年的沉淀放飞今日西域的大美！
今天，将用同一个炎黄子孙的广博胸怀迎来送往！
古叹齐鲁大地——一山一水一圣人，
今赞新疆大地——多山多水多民族。
让我们共同见证齐鲁与西域不同文化的碰撞，
让齐鲁文化在传承中凤凰涅槃！
让我们的个人小爱与国家的大爱共同传递！
让我们的个人小梦与国家的大梦共同实现！

书店里的感动

书店里有着莫名的感动，
那自是墨卷书香所赋予。
每一个版本，每一段文字，
会令我的内心柔软无比。
我愿意每时每刻待在这里，
忘了时间，忘了一切。
与每一个作者进行对话，
进行最贴近灵魂的感知。
学者大师们的练达睿智，
才子才女们的绝世才华，
积淀着中华的千年文化。

在书的世界，
走进大秦的金戈铁马，
领略汉唐的富足绮丽，
感怀明清的奢靡颓废，
铭记先辈的浴血奋战，
换取我们今天的幸福安康。
书店里，有着另外的梦想，
给儿时的梦想插上了翅膀，
我愿意与书本终生约会！

走在这个城市

走在腥风血雨的商界，
有着柔肠百结的诗意。
一边是现实生活的面包，
一边是浪漫唯美的情怀，
现实和理想是不同的色调。
我一手拉着现实的胳膊，
另一手牵着理想的风筝，
当现实让我不甚满意，
我就会龟缩于诗意的王国。
我那少女时代执着写诗的女同学，
嫁了一个令自己满意的归宿。
她说她早已不再写诗，
我知道，她的生活已过于安逸，
诗意是不会轻易敲打她的心门。
但她可以去读书和读诗，
保持一颗诗意盎然的心灵。
城市空气中有着太多的浮躁，
难得有阳光和清逸的云朵飘过。
为了美好的生活我们依旧继续，
写诗是给你我搭一座现实与理想的桥，
想来这个城市已经给了我一个最好的答案！

下班的路上

每天走着同一条路，
今天改走另一条路。
刹那间的芳华闪烁，
是留给城市的街景。
让古老走向文明，
把心灵的放歌，
留在天地之间。

寻一方宁静，
和一首诗词，
谱一曲新歌，
独留我一人。
追逐寻梦者，
来放纵最美的心曲。

忍冬树伴我一路走来，
月季花刺疼我的人生。
所有年轻时的错误抉择，
排山倒海地涌入我中年，
再没有一切重来的可能。
虽然今天我改变了路径，
可流年改变了我的今生！

心灵礼赞

与戴着脚镣的自己跳舞。
低头，
是因为累了。
抬头，
看见的是更广阔的蓝天。
想象中，
麦浪正荡漾着调情。
夏，
以炎热的名义睹物思人。
而我，
已错过了环山抱水的盛宴。
唯有对梦想的礼赞需要持续。

夜的告白

——写给女朋友的诗

亲爱的姑娘，
你的夜晚来临了；
灵魂在呻吟，
躺在汹涌澎湃的心灵后面！

白日的光里看不到它的影子，
夜深人静时分它爬上思想的墙头；
拨开纷扰，光临夜晚，
难道就是为了让痛苦如血般蔓延？

亲爱的姑娘，
当你选择了思想的深刻，
荆棘鸟的痛苦你就要承受。
所有可知的未知的已知的，
在我们高傲的头颅下显形。

美丽的姑娘呵！
请昂起你高贵的头颅，
请亮出你圣洁的额头，
让我为你讴歌一曲。

在精神朝圣者的路上，
你拒绝了安逸与享乐；
既然选择了打磨自己，
便预示你今后必然坎坷的旅途，
但可以炫目传奇的一生。

美丽的姑娘啊！
在日复一日的现世暗流中，
我不知该有怎样的男子与你匹配，
他可否伴你走完平凡不平庸的余生。

该拿什么给你——我的朋友，
我能够祝福给你的，
期望世人真诚简单的心绪，
会伴随你一路，
哪怕遇到的是阴云密布。

亲爱的姑娘，
听到那声响雷了吗，
那是为你日后送行的礼炮声！

音乐之夜

是谁，点亮了今夜的星火，
辉煌了整个艺术殿堂，
艺术的流光在气息中暖暖流动。

在那遥远的地方，
悠远地点燃了舞者曼妙的舞姿，
荡漾着青春的步伐。

好似那玫瑰的热烈，
奉献着爱的芬芳，
滋润着大地的干涸。

一曲草原之夜，
我们看到了美丽的草原夜色，
静静如水。

悠扬的小提琴演奏着小伙的心事，
驼铃声声啊，诉说着战友的情深似海，
芦花颂，洁白了整个夏的季节。

刚强的石油工人之歌啊，

歌颂了土地的广袤无垠，
述说着一个个拼搏的油城故事。

动人的康定情歌使我们回到了年少时光，
岁月可以偷走我们的青春，
无法偷走我们青春的心灵。

远方的客人，请你停一停征程的双脚，
听一听我们美妙动听的歌声，
那里有我们最炽热的情怀。
母亲的歌，是永恒的话题，
才艺道德是艺术的最佳意境，
带上我的诗歌奉献给你们。

我亲爱的朋友们！
让我们一起点亮今夜的艺术之火，
难忘今夜——相聚音乐之巅。

遇见最美的那个自己

在静默中找到与自己的对话，
一种属于自己独有的空间，
全身心地融入，
是一件极舒服极享受的事。
窗外的事离我远去，
喧嚣充耳不闻，
远古的，未来的，当下的全都无关。

葱绿的叶儿火红的花，
全在我的意念中潜伏。
留一片洁净的心灵，
遇见那个最美好的自己，
舒缓地汇入思想的后花园。

此刻，远方的诗人朋友打来了电话，
告诉我孔雀园的孔雀开屏了。
他们让我听听孔雀的叫声，
他们让我分辨孔雀叫声的真假，
他们学着孔雀的叫声，
我听到了“欧、欧、欧”的孔雀叫声。
我无法分辨谁真谁假，

我开心地笑着，笑着，
又一次遇见那个最真的自己。

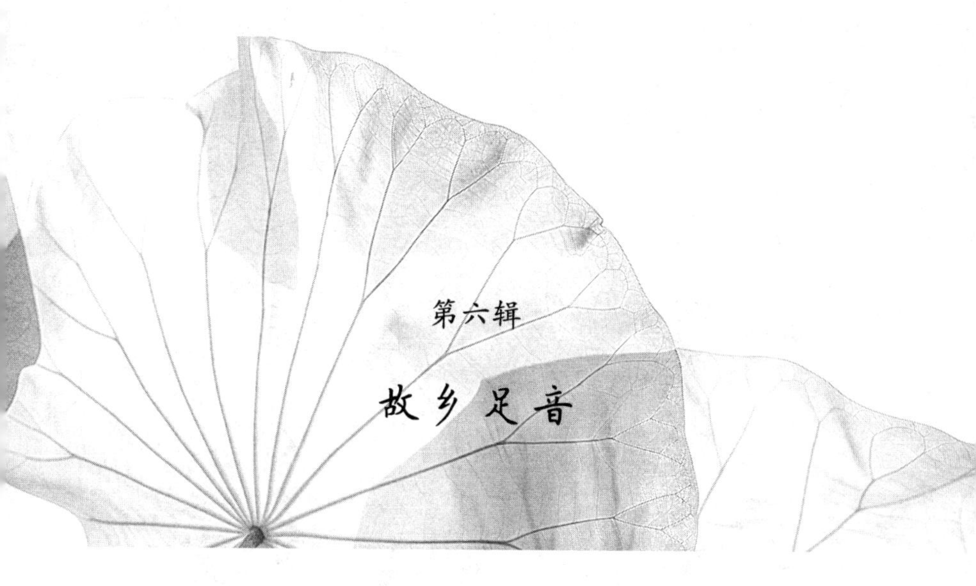

第六辑

故乡足音

故乡在遥远处招手，
它笼罩在晨曦中，
禁止了年轮的跳跃。

——选自《重返故乡》

小时候，母亲是我依傍的大树；
我在蹒跚，她在牵扶。

——选自《母亲》

《月明人静》魏彩霞 画

天山，我的故乡

故乡，我的天山！
我从没想过会远离你，
也从不曾忘记过你。

回到故乡土地，透过机窗，
我看见你美丽绝伦的容颜，
怀抱天高云淡的深情厚谊。

苍穹之处，雄伟壮观，
夕阳照耀下奇峰缥缈，
云蒸霞蔚，一片仙境。

万里云端，神仙居处，
天宫风云，云上云下，
昆仑山，天堂与地狱入口。

紫云阁中，天上人间相隔；
王母与众仙品酒诗会。
畅意这万年修成正果。

心已入缥缈奇峰之境，

一抹云彩掩盖琼台玉阁，
诉说天上人间的绝美故事。

已看到草原上矫健的骏马，
我的心马蹄声疾，欢欣无比，
大山静谧，伴空谷幽兰。

云峰之下，白雪当被，
冬将过去，迎来季节的送往，
清风明月，静等春来。

伴随飞机降落大地，
祥云瑞气下的人间突至眼前，
故乡，我已回来。

故乡，我的天山！
我将永远为你歌唱；
想起离开你的日子，
我方知故乡的情深。

母 亲

小时候，母亲是我依傍的大树；
我在蹒跚，她在牵扶。

长大后，母亲是我牵挂的港湾；
我在飞翔，她在期盼。

现在呵，母亲是我回归的摇篮；
我在盛年，她却衰老。

后来啊，母亲是我祝愿的青松；
我在他乡，她在我心。

黄昏下的芦苇

蒹葭苍苍，在河之洲，
白雾茫茫，芦苇荡漾。
夕阳下的芦苇，
镀上金光，闪耀暖暖的黄。
伴有无限欢喜，不再清冷。
那人间的曼妙，延续过来。

儿时的记忆，排山倒海。
少女的浪漫，有爱传递。
母亲升起的炊烟袅袅，
仿佛就在昨天。
父亲是否在昂首看天，
细数明年的春天是否早来。

夕阳西下时的芦苇，
微微点头向阳光致意；
在这个风轻云淡的黄昏，
无数条追寻精神丰盈的路上，
播撒阳光的种子。

白云缥缈飞天，丝丝缕缕，

天空波澜壮阔，碧蓝如洗，
一辆单车出游的行人静听，
远处寺庙的钟声敲响。
2021 年即将谢幕，
隐去时光荏苒的痕迹。

童 年

童年是一支笔，
是一支无法消失记忆的笔。
描绘着色彩斑斓，
白色是它的底板。

野菊花插在小木桌的瓶中，
正摇曳生姿。
天空渲染开蓝的碧洗，
邻家的小狗露出花黑相间的头，
冲我调皮起它的舌头。

童年是一首歌，
是一首百听不厌的歌。
怒放生命最初始的美，
蓬勃今生短暂的岁月。

田野尽可以放歌，
麦地正连绵如锦，
马兰与大丽花结伴同行，
等待着蝴蝶萦绕。
我借时光流逝，
——方不觉悔。

你是春的使者
——写给儿子

你是春天的使者，
带着梦境中的乱世前尘，
静卧在我的臂弯，
今世扑向我的怀抱。

有明丽春光扑面，
枝头上的喜鹊，
花蕊中的彩蝶，
正旋绕醉人的气息。

你是春天的使者，
你如一个勇敢的战士敢于挑战，
不怯命运的摆布，
穿越到 21 世纪。

你是春天的使者，
整个冬雪的苏醒，
破晓于东方，照耀于午间，
传递人间最美的呢喃。

大雁的高飞，

当空一世英豪，
麦苗绿油油地招摇，
哪里还有什么春愁春怨?

你的到来绚烂了西北的天空，
燃烧了塞外江南的伊犁河，
高山流水点亮了四月的春光，
我看到了那光芒四射的太阳。

这是一段绝美的天籁之音，
我满怀欣喜等待你的到来。
你是春天的使者，
带着我的期许换取人世百味。

故　乡

离故乡愈来愈远，
思念的心却愈来愈强；
少时并不喜欢的梅雨季节，
如今成为我无比珍贵的画面。

走出故乡的那片热土，
魂牵梦绕故乡的一草一木。

波浪起伏的麦田，
匍匐在我幼小的身躯下，
承载我仰望天空的旖旎梦想。
天空中云彩幻化万种物象，
记忆如电影挥之不去！

离开故乡愈久，
午夜梦回故乡的场景愈多；
通往老屋的路口有我挂念的乡亲们，
每次回乡他们心里通向眼里的都是关切。

园里的那棵桃树，梨树，苹果树，
它们还会在来年四月，

开起桃花朵朵梨花一片？
还能够此起彼伏洋洋洒洒彼此争艳？

庭院里的老房子宽敞明亮，
老屋后的小野菊，
还会在八月等着我去采摘？

离开故乡很久了，
离开故乡有二十多年了，
一垄菜苗始终绿油油地朝我招手，
记忆中母亲浇菜施肥的身影如此真切。

白杨树下我的那只叫阿黄的小狗，
被我弄丢后它如今又到哪儿去了？

从此啊，
想念故乡的心愈来愈深。

可是，少年时的故乡模样，
我无法再去找回，
只好在梦醒后屡屡回味。

那条路

北京，有雾霾的这一天，
我离开了你。
那条路——
是通向回家的路。

夜晚的路灯，
照耀着游子的心。
一条天路连向天边，
耳边响起妈妈的呼唤，
父亲的叮咛。

那条路，
通向回家的路，
是漂泊在外的儿女梦想。
那条路——
承载了太多的情感，
太多的期盼。

那条路，
是爱人的眼，
藏着太多的深情款款，
酝酿着爱情的玫瑰。

荷叶颂

没有人知道，
荷叶和荷花约定的秘密。

人们只知道，
荷叶田田的盎然生机。
却不知如何换来，
荷花的出淤泥而不染。

荷叶总是那么摇曳着，
在夏季的风来雨去里张扬绿意。
彼此喧嚣，拥抱荷塘的月色，
争前恐后向荷叶献媚。
以此击中这火一般的六月，
让前来观望的人们留恋。

荷叶田田是它的专利，
荷花的美丽代表着它的高洁。
荷叶潜伏了整整一个冬季，
用三个季节回报莲花的倾心相许。

母亲在新疆

母亲又一次想起——
1979 年在新疆的那个二月，
三岁的可爱小妹第一次离开她，
离开母亲温暖的怀抱。

思念的河水泛滥了两个季节，
远行的儿女是母亲心头的痛，
母亲沉思着，
手上没有停下劳作。

那年深秋的十月，
父亲来接我和二哥大妹，
我们从遥远的四川又回到了新疆兵团，
为了躲避战争，她送走了四个回来了三个。

母亲的目光深情地望过整齐的田垄，
那是她春天播下的种子，秋后的收获。
伟大又是平凡的成长呵，
越过母亲的期望肆意成荫。

太阳下，

母亲的影子鲜亮了整个田野。

土地上，
母亲走过的地方绿意招摇了天空。

我不知道母亲是如何做到的，
太阳留恋着不肯下山；
鸟儿叽叽喳喳盘旋不去；
向日葵不肯低下高傲的头。

伊犁河水慢慢地流淌着，
积雪的天山凝思不语。
此时的黑土地上，
有母亲就是一幅美丽的图画。

时间的小鸟飞跃前来，
天空织染了边疆夕阳的美景；
低头劳作的母亲不曾知道，
她单纯的心只想着秋天的收获。

最爱那满头的银丝

长安宫门，霓裳歌舞；
贵妃醉酒，太白挥剑；
多少的浪漫总是落在了，
插满金簪与珠花的青丝上。

穿越历史，感喟古今；
项羽渡江，虞姬刎剑；
这千年的缠绵与凄美，
绝唱留给英雄与美人。

故事里谱写着青丝与美丽，
若美丽拥有青丝别离亦忧伤，
将念想藏在她回忆的过往，
把幻想留给后世别样的揣测。

可是，我终究更喜欢生命的长度，
最是那一头在阳光下耀眼的银光；
时常会想起你我父母相携的夕阳景，
因此要独爱这人群中满头的银丝。

端　午

端午节从来没有像今年如此隆重，
四面八方的各种祝福纷纷赶来了，
约好了给父亲母亲送一份惊喜。

我多想，采一束艾草，
集一捆粽叶，称五斤香米，
配一些红枣和绿豆带给母亲。

我要将繁忙与喧嚣先尘封起来，
将搁置许久的儿时端午记忆再重复温暖，
可是母亲早已将这些一一备好。

触见母亲用白线缠绕包裹的粽子，
如一个个已排好队的士兵，
戴着号牌听从母亲的命令随时冲锋陷阵。

在母亲的眼里我只把我自己准备好就行，
母亲微笑着告诉我，
她昨晚想到应该给我起名叫端午。

她说我是端午前两天出生的，

幸福就是这样轻易找上我，
不容我思索太多的关于屈原与离骚的问题。

生命只有一次它是母亲给的，
今生我无以回报，
只愿来生再做母亲的拐杖。

暴风雨就要来临

我来自那片土地，
伊犁河畔的红柳，
婆娑地映在水底。

母亲劳作的身影，
镌刻在黑土地上。
漫天黑云沉沉压来，
莫不是暴风雨要来？

向日葵昂头看天空，
等待着风雨的洗礼。
玉米们正排列整齐，
抵御着雷电的狂袭。

暴风雨就要来临了，
空气中多了些急促，
有不同寻常的凝结，
让暴风雨来得慢些吧！
好让我的母亲做准备，
因为，那么多的粮食，
是她精心养育的孩子啊！

孩子你向前走

孩子，你向前走，
义无反顾地勇敢向前走，
妈妈能做你背后最有力的支持者，
妈妈还能做你身后默默奉献的勇者。

从蹒跚学步的婴儿，
到现在的翩翩少年，
你成长中的痕迹，
如今已成为妈妈的骄傲。

岁月给了你太多的磨炼，
小小的你承受了你不该承受的痛，
小小的你开始用大人的心触摸世事。

我们共同走过多少并不平凡的路，
坎坷与阴影曾经与我们如影相随，
最苦痛的三年时光我们彼此走过，
有太多的故事却是你促进我坚强。

望着每一个你夜半苦读的身影，
看着所有节假日其他孩子的笑，

心痛会常常占据妈妈爱你时的柔。

高举理想的旗帜你必须勇敢前行，
孩子，你大胆地向前走，
前方，有着专属你的一片蓝天。

今年的乌鲁木齐

今年，乌鲁木齐的春天来得较晚，
春雨亦是姗姗来迟，
树的春芽竟毫无知觉，
一片枯荣，失去了往年的杏花绿叶。

我的心柔肠百结，
从北门这头走到南门那头，
心便开始慌乱无主，
西域的季节原来没有预约。

春是如此地缠绵，
北方的黄风吹拂着北方的一切，
向往着南方的芳草萋萋，百花争艳，
心便开始奢念苏轼笔下的春晚杭州。

我对冬的怀念远远没有结束，
这春到底是来得晚了些，
人们的步履仍旧匆匆，
但脸上呈现出蓬勃向上。

虽然我的头，我的身体很疼，

似乎有一把钝的刀要切开它。
可我依然撑着我的意念和身体，
和平时一样，和人们一起，
迎接这晚来的春季。

年　末

岁月它蹑手蹑脚地来了又去了，
我于今晚睡梦中差点将它遗失。

大漠豪情悄然挽留雪花的洁白，
边塞风骨低首吟唱千年的雪莲。
于是，岁月侵蚀岩石如此顽固；
于是，沧桑了容颜吹白了青丝。

可遗忘这千古韵事与风流人物，
古老诗经中幽幽唱啊关关雎鸠。
汉赋把美丽的洛神写进了历史，
唐诗李白歌颂盛世的珠圆玉润。
宋词的凄婉托起了伟大的苏轼，
很怀念明朝三言二拍精彩小说。
感谢历史让清朝出现纳兰容若，
民国奇女子张爱玲如一枝青莲。

几多的嘉华能伴随几世的沉浮，
今朝的人心浮躁又该如何平复，

阿尔卑斯山啊，千年的雪峰！

俯视千百年的时光穿越而过，
默然屹立做自己岁月的主人，
——丝毫不悔！

我的宝贝长大了

我的宝贝呀！
我从未想到，咿呀学语的你，
越过岁月的丛林，年轮的剪刀，
走到如我当年般的青郁葱葱。

我的宝贝呀！
你高高的身躯曾在我梦中出现，
现在它变成了现实呈现我面前。

作为母亲——我该拿什么给成长中的你，
礼物是只能教你做一个大写的人。

勤奋和天赋是一对孪生姐妹，
善良与坚强要与你并肩前行。
苦难和曲折将磨炼你的意志，
学会辨别是非曲直是个人生课题。

我的宝贝呀！
拥有它们你将会一路无阻，
握紧你手中的剑点击准方向。

树立起你的理想——磨砺好心智，
拨开所有阻挡你前进步伐的荆棘，
你会发现人生不只是 1 加 1 等于 2 的方程式。

我的宝贝呀！
成长的路上，
你还要不断获取更多的知识，
去世界各地汲取你所需要的养分。

那么，将你此生的智慧回报给祖国吧！
在这里，请你接收我内心最美好的祝福！

献给祖国边疆的爱

美丽的新疆是我的家，
来自五湖四海的人们啊，
都是我的朋友！

托克逊的杏花开满了山坡，
伊犁的薰衣草是仙女的织锦，
威严的王母啊，偷恋着瑶池的水镜，
火焰山的热土，让吐鲁番的葡萄熟了。

天鹅湖边一支忧伤的情歌，
那是哈萨克青年的心事。
喀纳斯上美丽的草原，
有着人鱼姑娘的传说。
喀纳斯的绿色丝带，
漂浮着解忧公主的思乡情；
驼铃声声，
承载着千年的丝绸之路！

美丽的新疆是我的家，
我多么热爱我美丽的家乡！
那是一块富足安宁的乐土，

一个承载中国大爱的边疆，
一个多么神奇美丽的地方！
我愿用歌儿来歌唱它，
歌唱千百万个新疆人的心声！

中秋颂

中秋的月儿圆了，
别离的亲人团聚了，
人们的心儿醉了。
小时候盼中秋，天天眼巴巴望着，
一轮弯月变圆月。
其实，是想好好看看，
月亮里，
有没有妈妈故事中说的——
吴刚挥斧力伐桂树的身影。
想着嫦娥广寒宫里抱玉兔，
看这人世间的纷纷扰扰，
应悔当日背着后羿偷仙丹。

中秋的月儿圆了，
喜庆光临了我们的心田。
在无法割舍的亲情中，你我都长大了。
笑看父母，问问兄弟姐妹，
牵一牵孩子们的小手。
此时，尽情流淌的是那浓浓的爱。
举杯庆贺，推杯换盏中，
所有岁月的痕迹早已无影无踪。

中秋的月儿圆了，
又到了秋的季节。
春日的播种，秋的收获，
如同我们跋涉过诗意苦涩的青春，
蓦然走到了人到中年的丰盛盎然。
一路上流过多少的眼泪，
又有怎样的友情相伴屹立。
而我们的国家也从当年的羸弱，
再到如今的国富力强。
请珍惜吧，我们美好的生活，
是多少英雄儿女的鲜血染红了她。
我们的国家与个人是紧密相连的，
我们祝愿祖国的富强生生不息。
让我们手牵手面对祖国的未来！
让我们共同度过这难忘的中秋之夜！

月圆之夜的边疆打工者

你看，
今夜的月亮很高，
溜圆挂在天空。
天涯边的人们，
记挂月下的亲人，
思念妻子明媚的双眼。

你望着月亮，
月亮静静地看着你。

你选择了离开家乡，
离开生养你的土地，
来到陌生的城市掘金，
如今夜深人静的思念让人心碎。

不是不想团聚，
只是想把拼搏一年的碎银汇聚，
有一天可以回家，
把它奉献给旅途。
牢牢把它捂在怀里，
那是年底送给亲人的别样温暖。

重返故乡

澎湃的心，
是重返故乡给予的硕果。
拎着皮包，披着晨光，
行走在故乡的小路上。
黄的花、绿的树、小鸟的欢歌，
这时候，我弯下身去亲吻它们，
这时候，我已止不住泪流满面。
走一走，停一停，
看着故乡的一切，
思绪只停留在现在。
没有过去没有未来，
只有此刻对生命的感动。
花草、小鸟、房屋与我一样，
被笼罩在晨曦的波光中，
静止了年轮的跳跃。
想念家乡另一头的父母，
拨一个电话给母亲，
告诉她我已安全到达。
一路上，我独自一人，
只听见黑色的高跟鞋，
传出铿锵有力的声音。

你为何爱的这样深沉
——献给人民歌手、杰出诗人闻捷

春天的麦苗，飘来清香；
布谷的叫声，呼朋引伴。
你这——
江南的诗人，
带着江南四月的雨，
款款地向我们走来。

你的诗歌，引领我们；
走进《天山牧歌》，
走进《复仇的火焰》，
走进《河西走廊》，
走进《苹果树下》，
使我们的心儿呵，跌宕起伏。

啊！在你的讴歌下，
夜莺与少年奋然齐飞，
姑娘与彩蝶翩然起舞，
吐鲁番的葡萄愈加甜美，
祖国美丽神圣的山河，
被你深情咏叹，尽情描绘。

边疆人民劳动的场景，
在你的笔下隽永动人，
迸发出青春的活力。
看，巴里坤大草原上，
骏马奔驰的蒙古青年呦，
闪动着一颗捍卫祖国和平的红心。

感谢你，人民的歌手！
听，小河因你的歌唱，
正流淌出泉水的叮咚。
金色的麦浪随风荡漾，
高高的参天杨在沙沙点头，
悠扬的马头琴传来美好的回忆。

感谢你，杰出的诗人！
你把江南四月的小雨，
播撒给了边疆的沃土。
你这真情的勇士，
温暖了边疆的早春，绚烂了四季；
静谧的博斯腾湖，等待你的归期。

啊……我终于知道，
你的爱为何这样深沉。
你把对土地的热爱，
无私奉献给了祖国的边疆。
你把对祖国的深情，
千万句话儿变成诗行。

请让我——
替边疆人民感谢你！
感谢你，永远的诗人；
感谢你，中华大地的赤子；
你的诗歌与大地同在！
你的精神与日月共辉！

春的气息

那只鸟儿跃雀，呼朋引伴，
只见群鸟啾啾，此起彼伏，
喜鹊翻飞枝头上下，成双嬉戏，
沸腾了世界，演绎向阳而生。

远处传来布谷鸟声声呼应，
迎来这春暖大地的告白。
那只不知名的鸟儿飞去飞来，
正在上演倾情告白。

透过枝丫的疏影，
飘来桂花的暗香，
金蕊点点，群鸟齐鸣，
把这春天来歌颂。

霞光融融，绿意盎然；
妩媚了蓝天白云，
沉醉在这春日的夕阳里，
我久久伫立，屏息无语。

贺爸妈的六十年钻石婚

亲爱的爸爸妈妈，
六十年前，风华正茂；
你们义无反顾选择了彼此，
从此，命运的纽带将你们紧紧连接。

这又该是怎样的人生！
六十年，风雨兼程；
六十年，无怨无悔；
六十年，含辛茹苦；
六十年，不离不弃；
爱的力量就是这样伟大。

六十年，一个甲子年，
两万多个朝朝暮暮啊！
历史的风云变幻无穷，
琐碎的生活没有冲淡一切，
你们的爱依然坚若磐石。

六十年，过去的生活如电影画面般一一涌来；
六十年，多少的往事随风飘逝；
六十年，你们已是霜鬓皓首；

六十年，你们收获了儿孙满堂。

每个人的使命不一样，
这一生，你们找到了彼此，
执子之手，与子偕老。
已是最美好的宣言。

亲爱的爸爸妈妈，
我们爱你们！
爱你们的勤劳与善良，
爱你们的白发与皱纹，
爱你们的一切一切……

亲爱的爸爸妈妈，
感谢你们——
因为你们，使我们血脉相连，
因为你们，我们可以来到这个世界，
可以体味生命的多彩纷呈！

亲爱的爸爸妈妈，
有你们，我们在这世上便不是孤儿，
有你们，我们是世界上最幸福的人儿。
我们一定不辜负，
你们对我们的殷切期望！

你放下了吗

这身体的兵荒马乱，看世界满眼灰暗；
在伤痛难耐的现实世界里辗转无奈。
这精神的兵荒马乱，看世界乱象横生；
在误入歧途的想象世界里横冲直撞。

醒醒吧，世人！
这转瞬即逝的生命只有一次，
这生命的流光在宇宙长河中何其短暂。

何必，为往事纠结！
何必，让当下痛苦！
放下吧，放下，
一切都是你的思绪万千惹的祸。
当你超脱当下，灵魂和肉体便不再兵荒马乱。

乾元观，你好！

登上乾元观之顶，
回顾乾元观的前世今生。
看，郁岗峰前连绵苍翠；
听，道院仙乐气贯九霄。

这里是两千多年历史道教名观，
积淀了灿烂的道教光华，深厚的文化底蕴；
这里玄门高道辈出，彰显宗教悲悯情怀。
李明真人修道、炼丹，
陶弘景隐为山中宰相，
朱自英建九层祭坛传道行法，
闫希言创立“全真宗祠”，
惠心白协助陈毅率领的新四军抗日，
他们的道书、道术、道义，道教精神，
代代相传，千古流芳。

长河落日圆，旦暮终相伴；
祖国大好河山，曾遭铁蹄蹂躏，战火为患。
尹信慧道长引领道门同修，
三十年砥砺前行、不畏艰难，
重建道观，浴火重生。

请看——今日乾元观，
江苏第一坤道院，古朴典雅，宗风再畅；
昔日仙境辉煌重现。

乾元观，你好！
你好，乾元观！

九月掠影

九月的桂花露出米粒点点，
九月有月季借光阴绽放。
九月的太阳总是遇见秋雨绵绵，
九月的秋风不再多情，
落英缤纷下，留一声叹息。
是谁——
在岸的那头，举目相望，惆怅几许；
剪不断望穿秋水的情思，撑小舟来渡。

月光下的银杏树已硕果累累，
九月已是丰收的季节。
树影中的月牙儿，
正唱着忧伤的歌谣，
祈望爱人相见的日子。
是谁，把九月丢失在记忆的河里；
是谁，让九月定格在成熟的季节；
季节的心事，百花来定义。
而我的心事，唯有你深知。

华山村的银杏树

看，这棵银杏树，
看，好大一棵银杏树，
它无声地走过岁月的轮回，
娓娓诉说着一千五百年间的沧桑故事。

你一眼望千年，陌上花开，缓缓归矣；
主人公可曾路过你的树下。
四季的风吹过银杏树梢头，
火红的祈福条是人们对美好生活的祝愿。

千年来，你默默地注视着人们的生老病死，
秋的季节，是你展示自己最美的时候，
秋的季节，硕果累累是你的成就。
金色的绚烂燃烧生命的极美！

银杏树，你是华山村的骄傲；
作为华山村的千岁老人，
你正经历着时代给予的厚爱。

看——人们不远千里来膜拜你，
把你的故事再次传播，
诉说着你的千年传奇。

端午节之纪念屈原

汨罗江的水再一次不平静，
透过人们的怀念，波涛暗涌。
龙舟可否依然，飞赛如剑；
今年的艾草叶格外地青，悬挂着寄思。

放眼千年，您的爱国情怀令人崇敬。
楚国的风正吹过历史，
离骚的歌赋响彻云霄，
穿过汨罗江的上空，万古流芳。
诗人的心玲珑剔透，诗魂永驻，
诗人的铁骨铮铮，
换来后世的顶礼膜拜。

每一年的端午节，我们纪念你，
你带着满心的忧国忧民向我们走来。
纫秋兰以为佩，长太息以掩涕。
你可知——
离骚之情怀，
九歌之乐韵，
天问之悲愤，
给了世界一个大大的惊叹号！

你虽已殁，却如犹生。
路漫漫其修远兮，
我欲上下而求索，
你敢于直面惨淡的人生。
你慷慨赴义，
用悲剧之力量，
揭开时代的帷幕。
你是人民的骄傲，
中华的瑰宝，
世界文化名人。
向你致敬——
我们伟大的诗人屈原！

百花百诗总关情

一朵花盛开着，
它在极力绽放美丽。
它把它的花语，
它的妖娆，
留给懂它的生灵。
另一朵花战栗着，
它仿佛寻找到了它的爱情，
璀璨无比。
可是牡丹亭中梅树下，
柳梦梅遇见杜丽娘。
看，阳光中有妩媚，
星空下朦胧着神秘，
月亮映着清朗的光辉，
露水妙曼了清晨。
它的倾城之恋让时光静止，
翩然的彩蝶飞舞枝头，
一朵花哀伤着，
也许它在回忆过去的美好，
另一朵花祈望着，
它在期待新的奇迹出现。

百诗述说百花的故事，
芬芳了所有的岁月。
枝蔓和苍穹对话，
大地复苏春的季节，
斑驳了树影，
婆娑着流年，
耀眼人间的沧桑。
每朵花的世界，
可有怎样的悲欢聚散，
走向各自的归宿与来路。
可短暂如四月的相思果，
又如那炽烈馥郁的夜来香。
那株少女般的含羞草，
从不轻易放弃花期的漫长。
圣洁的白莲花能选择池田，
是因为有荷叶来永远相伴。
演绎让岁月澄净如湖，
让心灵平静如初，
请跟我来，
共读这百花百诗总关情。

千古江山，满眼风光

镇江的山，延绵不绝；
镇江的水，浩淼波荡；
镇江的人，深情厚谊。
镇江，镇江，
五千年的文化，
渲染你长江的沧桑，
三千年的历史，汇就你柔美的身姿。

镇江，镇江，
越吴战火，曲声激扬；
夕阳下，两千年的西津渡正缓缓走来。
北国山的豪迈赢得三国的美名，
金山寺外，那一首白娘子传奇之歌委婉动听，
你一定很熟悉。
原来，
爱情的神话就在这里，
美好总是藏在最深处。
焦山呵！
你何事秋风悲画扇，
中国第二碑文就是你的骄傲。
南山太子读书台，

我们都去过，
恍然有穿越之感。

古往今来，歌颂镇江的诗词何其多！
欢迎你常来坐坐，
喝一杯镇江的南山茶，
听听镇江的故事，
细数江南的情怀。

后 记

喜欢写诗，来自于喜欢读书；喜欢读书，源自于母亲的影响。从记事起，便发现母亲喜欢读书，还会经常借书，买书。上小学后，识字了，母亲爱读书的习惯便开始影响我。记得，那时语文课本内的知识已不能满足我，开始拿起母亲买的《聊斋志异》等各种小人书看。那时妈妈收藏的《聊斋志异》《封神榜》等小说都是繁体字，好多不认识，只是连蒙带猜、囫囵吞枣般看完。尽管如此，书中的人物形象、故事情节以及真善美与假恶丑的是非辨别，至今记忆犹新。还有，妈妈借的《收获》《十月》这些大型期刊，也都悄悄拿来阅读。凡是与文字相关的东西，甚至连父亲拿回来包东西的报纸也都要看。发展到后来，将父母给的零花钱也全用来购书，以至于12岁那年在书店所购的莎士比亚悲喜剧、席慕蓉选集、汪国真等诗集，虽历经沧桑四十年，但迄今依然排列书柜，保存完好。

自16岁起，喜欢上了写日记，常常会在心有感触时记下点点滴滴。久而久之，便形成了一个习惯。每日记事的同时，要写随感或自由体诗。那时，看过莎士比亚的剧本，曾尝试着写剧本，写了几集，但母亲以学业繁重为由而劝阻，无奈只好以学业为重，暂将编剧之愿收起。倒是在学校校报上发表过短篇小说与诗歌，让少年之心暗自窃喜过。

因为喜欢文字，大学想学中文，结果按父亲的意愿学了法律，和文学之梦擦肩而过。毕业后，从事法律工作多年，后又经营文化公司 20 年，也曾获得各种商业荣誉。

一路走来，经历人世沧桑，悲欢离合，所幸没有丢弃文学这个梦。多年来，一直坚持读书，写诗，作文。新疆酒文化研究中心曾印制 30 岁之前所写诗作《青春集》，后加入新疆自治区作家协会，现已转入江苏作协。这些，又为我文学梦的复活注入一针强心剂。此时，已届天命的我，人生之路已历半，自己对精神世界的渴望与追求也更为强烈。

我相信，有很多追求精神世界的人跟我一样，需要在矛盾之痛苦中加以抉择。特别当自身是一名创业者的时候，一边是精神生活的追求，一边是需要物质生活的保障，二者之间，多有纠葛，难免彷徨。所以说，能将自己工作与梦想相结合的人是幸福的人。可是，人世间能够这样幸运的人又能有多少呢？有多少人在年轻时能够拨开生活的迷雾，坚持正确的方向，成为自己想要的那个人，能到达自己认为的成功彼岸？现实的真相是，我们常常被生活迷惑，以为世俗所认为的“钵满盂满”“身价亿万”的“成功”就是成功，以为追求到了名利，追求到了金钱才是成功，则忘却了最初的本心。

记得，十几年前，我看了一篇根据真实故事所写的文章，名叫《卖掉的人生》。主人公是英国的一个银行总裁，年薪百万英镑，家里有贤惠的妻子，乖巧的儿子，豪华别墅及游艇。在外人眼里，他是一位成功者，过着富足无忧的上流生活。可是，每当夜半醒来，他都会陷入极大的痛苦中暗自哭泣。童年的 100 个梦想（包括学会骑自行车）一直缠绕着他，让他在经济愈富裕的状况下，离他童年的梦想却愈来愈远，因为他已经没有属于自己的时间去完成自己的梦想。最后，在 43 岁那年，他下定决心，卖掉别墅，游艇，安排好妻子和孩子的生活，踏上了实现梦想之路。当他的 99 个梦都已实现，只剩下一个要写一本书的梦想了、他以自己的经历为原型,写下了《卖掉的人生》这本书。没有想到该书出版后畅销，迪斯尼集团找到他，要以他的故事拍部电影，由他做男主角出演，电影上映后，轰动全球。

当然，那时的我没有《卖掉的人生》主人公的决心，我只能一边平衡物质与精神的跷跷板，一边抓紧时间努力完成我的梦想。这个过程历经十年左右，虽然缓慢一些，但终究离我自己的梦更近了一步。这部诗集，是我近十年来所写诗文中选出来的一部分现代诗。这些都是灵感袭来、随手写出、一气呵成的原汁原味的文字，可谓“我手写我心”之作。其中部分作品，已在多家报刊发表。

在这里，感谢远东书局的总编陈德民和他的同事们，正因为有了他们的艺术设计，排版极具细心和责任感，才有了今天大家看到的这本集子。

感谢我的私淑老师、园林大家曹林娣教授在百忙之中为本诗集作序，奖掖有加，深情期望；感谢我的先生、江苏大学李金坤教授对我文学创作的支持与策励，其对《我拥抱着爱》的诗评，为《中国女作家学刊》《华文月刊》《北方诗刊》等多家杂志、书籍及网络平台刊用或转载，鼓舞良多，信心倍增。感谢镇江市作协主席蔡永祥，副主席钱俊梅对我文学创作的关心与支持。

感谢原新疆自治区文联副主席董立波老师、原四川文联主席杨牧老师对我作品的肯定与鼓励。感谢《北方诗刊》《关东文学》陈钦华主编，不但连载我的组诗，还作为封面人物以资鼓励。感谢江苏省一级期刊《翠苑》《金山》《中华文化》等杂志及《京江晚报》《江都日报》等报刊发表作品，这些编辑迄今未面，以文会友，情谊感铭。

也感谢海内外众多文学同仁们的热情鼓励与支持，使这个世界变得更温暖、更美好。“却顾所来径，苍苍横翠微”（李白），“欲穷千里目，更上一层楼”（王之涣），在以后的日子里，我将再接再厉，扬长避短，踔厉奋发，在继续新诗创作的道路上，创作古诗词、散文、中短篇小说、长篇小说等不同体裁的作品，奉献社会，以文化人，以报答亲人师友同仁们的厚望！

爱这个世界，我曾来过。爱这个世界的亲人与友人及陌生人，祝福你们，吉祥如意，幸福美满，此时此刻，我想借用《我拥抱着爱》的最后一句送给你们：“许你一骑红尘，安然无恙！”

最后，需要说明的是，本人喜爱诗文创作之外，还喜欢书画。此书的部分插画即为本人所作，以收诗画圆融、图文并茂之审美效应。

2023 年 8 月 22 日七夕节于启明阁